신분 이야기,
험난한 출셋길 녹림객이 되어

103

신분 이야기,
험난한 출셋길 녹림객이 되어

전국국어교사모임 기획 · 임완혁 글 · 안소희 그림

Humanist

'국어시간에 고전읽기' 시리즈를 펴내며

고전을 읽어야 한다는 가르침은 어릴 때부터 귀가 따가울 만큼 들었다. 그러나 몸소 이를 따르는 사람은 흔치 않다. 종종 고전을 가까이하는 사람들이 있는데 이들은 대체로 삶을 헛되이 보내지 않고 훌륭한 일을 이루어 세상에 뚜렷한 이름을 남겼다. 고전 안에 그만큼 값진 속살이 들어 있기 때문이다.

고전이 이처럼 깊은 가치를 지녔는데 어째서 고전을 읽는 사람은 흔치 않을까? 아마도 고전이 사람을 쉽게 끌어당겨 주지 않기 때문일 것이다. 고전은 우리에게 섣불리 손짓을 하지도, 눈웃음을 치지도 않는다. 고전은 끈기를 가지고 파고들어 오는 사람에게만 마지못한 듯이 웃음을 지으며 속내를 털어놓는다. 고전은 요즘보다 훨씬 무뚝뚝하던 옛날에 이루어진 삶이며 글이기 때문이다.

그래서 우리는 청소년들이 고전을 즐겨 읽을 수 있도록 마음을 다했다. 뻣뻣하고 까칠한 고전을 달래서, 부드럽고 친절하게 청소년을 끌어당기도록 손을 쓰고 공을 들였다. 멋없이 무뚝뚝하던 고전을 정성껏 매만져서 두 팔을 활짝 벌리고 청소년들을 끌어안을 수 있도록 탈바꿈했다.

고전은 이제 온전히 겉모습을 바꾸어 청소년들을 맞이할 것이다. 자칫 속살까지 탈바꿈한 것처럼 보일지 몰라도 책을 읽다 보면 예스러운 고전의 맛과 멋을 한껏 느낄 수 있을 것이다. 우리는 무엇보다도 고전이 고전다운 속내와 뼈대를 온전하게 지니도록 하는 데 힘을 쏟았다.

고전은 시공간을 뛰어넘고, 나라와 겨레를 뛰어넘어 세상 모든 사람에게 큰 울림을 준다. 《시경》, 《탈무드》, 《오디세이아》, 셰익스피어와 괴테의 작품이 세상 모든 이에게 가르침을 주듯이, 우리의 고전도 모든 이에게 값진 가르침을 줄 것이다. 가르침이 서로 다르기는 하지만 높낮이가 있는 것은 아니다. 그러므로 세상 고전을 두루 읽어야 하는 것이나, 우리는 우리네 고전부터 읽는 것이 마땅한 차례다.

이런 뜻으로 전국국어교사모임에서 '국어시간에 고전읽기' 시리즈를 펴낸 지 십 년이 되었다. 누구나 두루 즐기며 읽을 수 있도록 쉽게 풀어 쓰고 맛깔나고 재미있는 작품으로 재창조하려고 무던히도 애썼다. 다행히도 많은 독자로부터 분에 넘치는 사랑을 받았고, 우리 고전을 가까이하고 즐기는 청소년들이 많이 늘어 고마울 따름이다.

지난 십 년처럼 묵묵하게 이 시리즈를 이어 갈 생각으로 첫 마음을 되새기며 글과 그림을 더하고 고쳐 좀 더 새로운 얼굴의 우리 고전을 세상에 다시 내놓으려 한다. 이 책을 통해 우리 청소년들이 풍성하고 가치 있는 고전의 바다에 풍덩 빠질 수 있기를 기대해 본다.

2012년 11월
전국국어교사모임

《신분 이야기》를 읽기 전에

이제 여행을 떠나려고 합니다. 과거 우리 조상들이 살던 곳으로 말입니다. 자동차나 기차, 비행기 등을 타고 여행을 가듯이 우리는 옛이야기를 빌려서 과거로 출발합니다. 이 옛이야기를 '야담(野談)'이라고 하지요.

야담은 지금 우리가 떠나고자 하는 시대인 조선 후기의 역사 속에서 만들어진 이야기입니다. 조선 후기는 임진왜란과 병자호란으로 황폐화된 나라를 다시 일으켜 보려는 운동으로 시작됐습니다. 농촌 복구 사업, 수리 시설의 확대, 모내기법의 보급 등으로 농업 생산력이 높아지고, 상품 화폐 경제도 발달했지요. 그 결과 부유한 상민층이 늘어나고 복합적인 여러 모순을 가지고 있던 지배층이 흔들리면서 신분제에도 변화가 찾아왔습니다.

갑작스럽게 양반 수가 늘어나면서 겨우 농사를 지으며 근근이 생활하는 '몰락 양반'이 생겨나는가 하면, 농업 생산력이 향상되면서 상업적 이윤을 추구하는 '경영형 부농'이 등장했고, 자수성가한 '도망 노비'도 나타났습니다. 상품의 유통이 활발해지면서 도시도 발전했고, 그 공간을 토대로 새로운 인간형도 등장했지요. 그야말로 역동적인 시대가 열린 것입니다. 이런 시대 상황에 의해 사람들의 삶과 태도에도 변화가 생겼습니다. 그중 눈에 띄는 것이 '주체 인식'입니다. 기존 신분제의 틀과 가치관에서 벗어나 '스스로 사고하며 삶을 개척하려는 태도'가 생겨난 것이지요.

《신분 이야기》는 이처럼 신분제의 틀과 굴레에서 피어난 삶의 모습을 담고 있습니다. 이를 통해 우리는 암울한 시대 상황과 처지에 맞서 꿋꿋하게 살아가는 사람들을 만날 수 있지요. 과거 급제를 둘러싼 고민과 갈등, 도적의 우두머리가 될 수밖에 없었던 안타까운 사정, 신분 차별에 맞선 하층민들의 처절한 사연 등은 새로운 역사를 바탕으로 만들어진 야담에서만 만날 수 있는 삶의 모습입니다. 아울러 불합리한 상황과 조건에 굴복하지 않고 인간으로서의 삶을 살고자 노력한 옛사람들의 숭고한 정신과 태도도 배울 수 있을 것입니다.

어떤 어려움 앞에서도 긍정적으로 세상을 바라보며 변화를 꿈꾼 사람들의 정서와 소망이 담겨 있는 곳! 바로 우리가 여행을 떠나려는 세상입니다. 당시에 어떤 사회 문제들이 있었는지 이해하며 그 사회 속에서 '인간으로서의 삶'을 살고자 노력한 이들의 거친 숨결을 느낄 수 있을 것입니다. 이들의 의지와 노력은 갈수록 황폐해지는 사회 환경으로 인하여 청년 실업, 빈부 격차, 높은 자살률, 인간성 상실 등의 심각한 문제를 겪고 있는 우리에게 깊은 울림을 줄 것입니다. 여러분이 좀 더 넉넉하고 긍정적인 삶을 추구하는 사람이 되는 데 이 여행이 도움이 되었으면 합니다.

2013년 2월

임완혁

차례

아비가 자식을 가르칠 수 없으니

자식을 바꿔서 가르쳤다는 옛 말씀을 지금에야 알 겠 구 나

1

어렵고 어려운 출셋길, 포기할 수 없네

이야기 … 하
나

무기력한
광주 선비의 횡재

경기도 광주에 한 선비가 있었다. 그는 글공부도 제대로 못했고, 무예도 뛰어나지 않았다. 게다가 집안도 내세울 게 없었고 재산도 형편없었는데, 농사도 짓지 않고 아내의 뒷바라지만으로 그럭저럭 버티며 살아갔다. 대대로 교분을 맺어 온 지인과 집안의 일가붙이 몇 명이 그나마 한양에 있어서 삼십 년을 한양에 드나들었다. 그러나 그에게는 사람들이 우러러볼 만한 성품이나 남다른 재주 같은 것이 전혀 없어서 벼슬아치들과는 교분을 맺지 못했다.

어느 날 선비의 아내가 남편에게 불평을 늘어놓았다.

"한양에 올라가 지내는 선비들은 대부분 착실하게 공부해서 벼슬자리를 얻습니다. 그러지 않으면 능력 있는 집안의 사람과 교제를 해서라도 한 몸 의탁할 수 있는 곳을 마련해 두지요. 당신은 글을 잘 모르니 벼슬자리를 얻지 못하는 거야 따로 이야기할 수 없지만 삼십 년 동안 한양을 드나드셨으니 마땅히 한 사람 정도는 가깝게 지내는 분이 있어야 하지 않겠어요. 그런데 이제껏 안부 편지 한 장 온 적이 없으니 이상한 생각이 드네요. 혹시 그동안 술과 여자에 빠졌거나 쓸데없는 일에 마음을 빼앗기셨던 건 아닌지요?"

아내의 말이 하나같이 이치에 맞는지라 선비는 참으로 부끄러워 달리 변명할 수 없었다. 그래서 한참을 잠자코 있다가 말을 꾸며서 대답했다.

"내가 정신 나간 사람도 아닌데, 삼십 년을 한양에 드나들며 어찌 헛짓만 했겠소. 아무개 성을 가진 아무개와 어려서부터 매우 가깝게 지냈소. 그 친구는 내가 어렵게 사는 것을 안타까워하여 늘 '내가 평양 감사가 되면, 자네에게 한 살림 장만해 주겠네.' 했다오. 그 친구가 재작년에 과거에 급제했는데, 지금은 응교로 있다오. 한양에 올라가면 늘 그 집에서 머무르니 조만간 틀림없이 친구의 덕을 볼 것이오."

아내는 선비의 말을 듣고는 달마다 초하루와 보름날에 시루떡을 장만해 놓고, 아무개가 평양 감사가 되게 해 달라고 하늘에 빌었다. 그러고는 늘 아무개가 승진했는지 물었는데, 선비는 그때마다 아직 멀었다고 둘러댔다.

그렇게 육칠 년이 지나갔다. 선비의 아내는 친정 식구에게서 아무개

● **일가붙이** 혈연 관계로 한집안에 속한 사람.
● **응교(應敎)** 궁중의 문서 따위를 관리하고 임금의 질문에 응하는 일을 하던 홍문관(弘文館)의 벼슬.

가 평양 감사가 되었다는 소식을 듣게 되었다. 때마침 선비는 한양에 가 있었다. 아내는 선비가 돌아오길 기다렸다가 버선발로 나가 맞이했다.

"아무개 나리가 평양 감사가 되셨다고 하던데, 왜 가서 뵙지 않으시나요? 내일 당장 떠나시지요."

선비는 아내의 말을 듣고서 당황스럽고 곤란하여 이렇게 둘러댔다.

"부임한 지 얼마나 되었다고……. 좀 있다 가야지, 어찌 그리도 서두르시오."

아내는 선비의 말을 곧이곧대로 믿었다. 석 달이 지나자 아내는 다시 선비를 채근했다.

"어째서 안 가세요?"

"타고 갈 말이 없구면."

이에 아내가 말을 빌려 오자 선비가 대꾸했다.

"지금은 몸이 좋지 않아 갈 수가 없소."

"그렇다면 다른 사람을 보내시지요."

"누가 날 위해서 천 리 먼 길을 다녀오겠소?"

"벌써 이웃집 아무개와 약조했어요. 오가는 데 드는 돈도 준비해 놓았고요."

선비는 너무 민망하여 사연을 적을 종이가 없다고 둘러댔다. 그러자 아내가 큰 종이를 한 장 가져다주었다. 선비는 이리 둘러대고 저리 핑계를 대며 온갖 방법으로 상황을 벗어나려 했지만 도저히 어쩔 수가 없었다.

그래서 밤이 새도록 이런저런 궁리를 하다가 결국에는 염치를 무릅쓰고 편지를 한 장 썼는데, 겉봉에는 "평양 감사께 삼가 드림. 노진재가 안부를 여쭙습니다."라고 쓰고, 안쪽에는 이렇게 썼다.

저는 세상 물정 모르고 성질도 괴팍한 유생입니다. 처지가 너무나 딱해 높은 하늘의 푸르른 구름 같은 대감과 진흙탕 같은 저의 신분 차이도 구별하지 못하고, 전혀 알지도 못하는 대감께 감히 이렇게 인사를 드립니다. 대감께서 얼마나 의아하고 당황스러우실지 모르겠습니다. 자세한 내용은 별지에 적어 두었으니 부디 잘 헤아려 주시기를 엎드려 바랍니다.

별지의 내용은 이러했다.

저는 세상 물정에 어두운 사람으로, 마음이 차분하고 진득하지 못하여 젊었을 때 공부에 전념하지 못했습니다. 집안도 그리 넉넉한 형편이 아니었는데, 한술 더 떠서 쓸데없이 한양을 쏘다녔지요. 찬밥 더운밥 가리지 않고 구차스럽게 한 해 두 해 그럭저럭 지내다 보니, 처자식이 밥을 굶는 지경이 되어도 강 건너 불구경하듯 신경도 쓰지 않게 되더군요. 그 때문에 조금 있던 논밭도 죄다 남의 손에 넘어갔답니다. 마을 사람들에게 손가락질을 받고 친척들에게 따돌림을 당했지만, 그나마 아내가 야무지고 어진 덕에 제사를 지내고 자녀를 키우는 일은 그럭저럭 모양새를 차릴 수 있었습니다. 그러니 가장인 저의 처지는 그야말로 있으나 마나 한 꼴이지요. 이렇게 오늘까지 삼십 년을 살아왔답니다.

아내는 제가 여러 해 동안 한양을 드나들었으면서도 지체 높은 인물과 교제하지 못했다고 구박하더니 툭 하면 잔소리를 늘어놓았지요. 아무리 아녀자의 말이라지만 대꾸할 수가 없었습니다. 저는 대감께서 벼슬에 나가기 전부터 지체가 높고 학문도 훌륭해 틀림없이 크게 되실 분이라 생각해 왔습니다. 그래서 결국에는 대감의 함자를 들먹이며 말을 꾸며서 아내를 달랬답니다.

'아무개는 나와 매우 친한 사이인데, 평양 감사가 되면 내게 재물을 좀 마련해 주겠다고 약조했네.'

이렇게 아내를 속인 것이 대략 육칠 년 전의 일입니다. 아내의 걱정을 덜어 주기 위해 거짓말을 한 것인데, 늙은 아내는 이를 곧이곧대로 받아들여서 철석같이 믿고는 전혀 의심하지 않더군요. 그 뒤부터, 아내는 깨끗이 목욕해 몸가짐을 다듬고 시루떡을 쪄서 기도를 올리며 대감께서 평양 감사가 되기만을 빌더군요. 대감께서 과거에 급제하고부

- **노진재(露眞齋)** '노진재'는 '사실을 다 드러낸 집'이라는 뜻으로, 주인공 선비가 자신의 처지를 집 이름에 빗댄 것이다.
- **유생(儒生)** 유학(儒學)을 공부하는 선비.
- **별지(別紙)** 편지나 서류 따위에 따로 덧붙이는 종이.
- **함자(銜字)** 남의 이름자를 높여 이르는 말.

터는 더욱 간절하게 정성을 들였고 기대도 갈수록 절실해졌지요. 그래서 늘 어느 벼슬까지 오르셨는지 묻곤 했답니다.

대감과는 잠깐 만난 인연마저 없어서 이전에 아내에게 했던 말이 부질없는 소리로 끝나는 것이 부담스러웠습니다. 그래서 지난해에는 아무 벼슬에 올랐고, 올해에는 아무 직위에 있다는 식으로 하나하나 대꾸해 주었지요. 진짜로 가까운 사이인 것처럼 말이지요.

그런데 얼마 전, 아내가 자기 친정 식구를 통해 마침내 대감께서 평양 감사로 나가셨다는 소식을 듣고는 저에게 직접 가서 재물을 얻어 오라고 성화를 부리는 것입니다. 상황이 이러니 저의 고민이 오죽했겠습니까? 타고 갈 말이 없다고 둘러대면 말을 준비해 놓고 기다리고, 몸이 좋지 않다고 핑계를 대면 대신 갈 사람을 구해서 보낸다고 하더군요. 심지어 소식을 전할 종이가 없다고 하니 곧바로 커다란 종이를 내놓더군요. 일이 이런 지경에 이르고 보니 마음은 그저 답답하기만 합니다. 진심으로 그만두고 싶지만, 그러자니 전에 했던 말이 거짓이었다는 게 탄로 나게 생겼더군요. 편지를 쓰자니 한 번도 뵌 적이 없는 대감께 어떻게 써야 할지 막막했습니다. 더 이상 어찌지도 못하고 골머리만 앓고 있는 상황이라, 어쩔 수 없이 저의 사정을 처음부터 끝까지 다 말씀드립니다. 대감께서는 부디 저를 불쌍히 여기셔서 용서해 주십시오.

선비는 편지를 다 쓰고서 아내에게 주었다. 그러자 아내는 곧바로 이웃에 사는 사람을 하나 불러서 돈을 주고 길을 떠나게 했다.

심부름꾼은 평양으로 가서 선비의 편지를 평양 감사에게 바쳤다. 평양 감사는 편지를 읽어 보더니 두세 번을 더 훑어보는 것이었다.

그런데 평양 감사에게는 이런 사연이 있었다. 평양 감사가 홍문관에 나가게 된 뒤부터 늘 초하루와 보름날 밤만 되면 어떤 집에 가는 꿈을 꾸는 것이었다. 그 집에는 양반 부인이 있었는데, 깨끗하게 목욕하여 몸가짐을 가다듬고는 정화수를 떠 놓고 시루떡을 준비해 두 손을 모아 간절하게 비는 것이었다.

"아무개 어른이 평양 감사가 되게 해 주시옵소서."

아무개는 바로 자기 이름이었다. 참으로 이상야릇한 꿈이었지만, 무슨 까닭에 그런 꿈을 꾸는지 알 수 없었다. 그런데 편지를 읽고 나니 꿈속의 내용과 딱 맞아떨어지는 것이, 비로소 분명하게 앞뒤 사정을 이해할 수 있었다.

평양 감사는 한편으로는 그들의 사정이 딱했고, 한편으로는 정성이 감동스러웠다. 그래서 심부름꾼을 가까이 부르고는 그 집의 생활 형편이 어떤지, 병에 걸리지는 않았는지, 아이들은 잘 자라고 있는지 하나하나 물어보며 세세하게 알아보았다. 평양 감사의 그런 모습은 죽마고우나 다를 바 없었다.

그 모습을 본 심부름꾼은 마음속으로 이렇게 생각했다.

'선비님께 이렇게 훌륭한 친구분이 계셨다니! 선비님이 비록 시골구석에 처박혀 지내시지만 두려워하지 않을 수 없겠구나.'

평양 감사는 심부름꾼을 객사에 머무르게 하고 음식을 잘 대접해 주

- 정화수(井華水) 이른 새벽에 길은 우물물로, 가족들의 평안을 빌면서 정성을 들이거나 약을 달이는 데 쓴다.
- 죽마고우(竹馬故友) '대말을 타고 놀던 벗'이라는 뜻으로, 어릴 때부터 같이 놀며 자란 벗.
- 객사(客舍) 조선 시대에 각 고을에 설치해 외국 사신이나 다른 지방의 벼슬아치를 대접하고 묵게 하던 숙소.

었다. 이틀 뒤 평양 감사는 심부름꾼을 불러 궤짝을 하나 주며 말했다.

"너를 심부름 보낸 분은 나와 어린 시절 함께 어울려 지내던 친한 친구이다. 마땅히 재물을 보내야겠지만 네가 짊어지고 가기에는 너무 무거울 것이다. 그러니 나중에 따로 보내마. 오늘은 그분이 무척 좋아하시는 것을 한 궤짝 보내니, 네 눈으로 살펴보아라."

심부름꾼이 뚜껑을 열어서 보니 유밀과였다. 평양 감사는 뚜껑을 덮고 기름종이로 싸서 노끈으로 묶고는 열어 보면 표시가 나게 도장을 찍었다. 그러고는 심부름꾼에게 부모가 있는지 묻고 큰 약과를 따로 싸 주며 돌아가서 부모님께 드리라고 했다. 돌아갈 때 쓸 돈도 넉넉하게 주며, 선비에게 보낼 편지를 챙겨 주어 서둘러 보냈다.

심부름꾼이 돌아올 날이 점점 가까워 오자 선비의 아내는 이제나 저제나 하며 기다렸다. 그렇지만 선비는 얼토당토않은 짓을 했기 때문에, 이 생각 저 생각 온갖 근심을 하느라 병이 나고 말았다.

그러던 어느 날, 아내가 허둥지둥 소식을 전하는 것이었다.

"심부름꾼이 돌아오네요."

아내의 말이 끝나기 무섭게 심부름꾼이 사립문 가까이 다가왔다. 부인은 마루 끝에 나가 섰지만, 선비는 방문도 열지 못하고 문구멍으로 밖을 훔쳐볼 뿐이었다. 심부름꾼이 마당으로 들어서는데, 등에 짐을 짊어진 것이 보였다. 선비가 어찌 된 일인지 의아해 하며 엿보니 심

● **유밀과**(油密果) 밀가루나 쌀가루 반죽을 적당한 모양으로 빚어 말린 뒤에 기름에 튀겨 꿀이나 조청을 바르고 튀밥 따위를 입힌 과자.

부름꾼이 마루 앞에 와서 꾸벅 절을 하는 것이었다.

아내는 먼 길을 아무 탈 없이 다녀온 것을 칭찬하더니 등에 지고 있는 물건이 무엇이냐고 물었다. 그러자 심부름꾼은 허둥지둥 답신을 찾아서 선비에게 건네주었다.

겉봉에는 이렇게 적혀 있었다.

"노진재에게 보내는 답장. 평양 감사가 올립니다."

안쪽에는 이렇게 씌어 있었다.

멀리서나마 편지를 받아 보니 바로 앞에서 얼굴을 뵙는 듯합니다. 아무 탈 없이 잘 지내시는 것 같아 다행으로 생각합니다. 저는 이곳의 일을 맡은 지 얼마 되지 않아 해야 할 일을 파악하느라고 골머리를 썩이고 있답니다. 이 심정을 어찌 다 말로 표현하겠습니까? 천 리 먼 이곳까지 들르시기는 쉽지 않겠지요. 그래도 훗날 한양에서 뵙게 되면 밤새도록 드리고 싶은 말씀이 참으로 많습니다. 그럼 이만 줄이겠습니다. 유밀과 한 궤짝을 함께 보냅니다.

평양 감사의 편지를 읽은 선비는 갑자기 생기가 넘쳐 거드름을 부리고 양반입네 위세를 떨치며 방문을 활짝 열고 밖으로 나와서 앉았다. 그러고는 심부름꾼을 불러 말하는 것이었다.

"먼 길을 다녀오느라 참으로 고생했다."

"걱정해 주신 덕분에 별 탈 없이 잘 다녀왔습니다요. 고생이라 할 게 있나요. 게다가 평양 감사께서 잘 보살펴 주시어 소인의 어미에게까지 약과를 주셨으니, 이게 다 선비님 덕택입니다."

심부름꾼은 평양 감사의 분부는 이러했으며 접대는 저러했다고 한바탕 아뢰었다. 그리고 따로 받아 온 약과를 가져다가 자기 부모에게 대접하니, 선비의 체면이 한껏 살아났다.

선비는 방으로 들어와 궤짝을 열고 유밀과 하나를 꺼내어 맛보았다. 난생처음 먹어 보는 맛이라, 선비 부부는 서로 얼굴을 바라보며 참으로 희한한 맛이라고 한껏 좋아했다. 그런데 유밀과는 두 겹에 지나지 않았다. 궤짝 속에 다른 궤짝이 들어 있었는데, 그 궤짝의 끝 부분에 손가락 하나가 들어갈 정도의 구멍이 있었다. 구멍에 손가락을 넣고 열어 보니 천은 한 말이 들어 있었는데, 가치를 따지자면 어마어마한 것이었다. 선비 부부는 너무나 놀라고 기뻐서 펄쩍펄쩍 뛰었다. 선비는 평양 감사가 준 천은을 팔아 땅을 사고 광주에서 이름난 부자가 되었다고 한다.

● **천은(天銀)** 품질이 가장 뛰어난 은.

이야기 … 둘

공부 못해 쫓겨난 김생

김안국(金安國)은 판서에 대제학을 지낸 김숙(金淑)의 아들이다. 김숙의 삼대 조상 때부터 모두 문장이 빼어나고 재주와 덕망이 있어서 대대로 대제학을 맡았다.

안국은 태어날 때부터 얼굴이 매우 잘생겨 김숙이 애지중지했다.

"이 아이는 우리 집을 빛낼 자식이로다."

김숙은 안국이 말을 시작하자 글을 가르쳤는데, 석 달이 지나도 하늘 천(天), 땅 지(地) 두 글자조차 이해하지 못하는 것이었다. 김숙은 의아하게 생각했다.

'이 아이는 생김새만 보면 훤칠한 것이 똑똑할 것 같은데, 어찌하여 총기와 재주라고는 찾아볼 수 없을까? 혹시 나이가 어려서 재주가 아직 드러나지 못한 것일까? 몇 년 더 기다렸다가 가르쳐 보자.'

김숙은 몇 년을 기다려 다시 가르쳐 보았지만, 안국은 또 전처럼 전혀 이해하지 못했다. 김숙의 걱정은 깊어만 갔다.

'이 애가 끝내 이 모양이라면 제 한 몸의 불행으로 그치는 게 아니다. 분명 우리 집안의 체면을 깎을 것이야.'

그리하여 김숙은 밤낮을 가리지 않고 가르치고 시도 때도 없이 잔소리하며 꾸중했다. 그리고 글을 깨우칠 수 있는 방법을 천 가지 만 가지로 시도해 보았지만, 안국은 끝내 하늘 천, 땅 지 두 글자도 알지 못했다. 그렇게 지내면서 한 달 두 달, 이러구러 한 해 두 해가 흘러 어느덧 안국의 나이 열네 살이 되었다. 김숙은 너무나 속이 상해 슬퍼하고 탄식하며 눈물을 흘렸다.

'저것이 어려서 그런 줄로만 여겼는데, 열네 살이나 되어서도 저 모양이니, 세상 어디에 저런 물건이 있을 수 있단 말인가. 조상 대대로 이어 온 가문의 명성이 앞으로 저 물건 때문에 끝나게 생겼구나. 조상을 욕보일 자식을 두느니 차라리 자식이 없어 제사를 잇지 못하는 것이 낫겠다. 게다가 저놈만 보면 분통이 터지고 골머리가 아프니 집에 둬서도 안 되겠다.'

결국 김숙은 안국을 없애 버릴 방법을 찾게 되었다. 그렇지만 차마 죽일 수는 없는 노릇이고, 어디론가 쫓아 버린다 해도 곧 종적이 드러날 것 같아 두려웠다. 그래서 우선은 눈앞에 나타나지 못하게 해 두었다.

김숙에게는 둘째 아들 안세(安世)가 있었는데, 나이가 이미 다섯 살이었다. 생김새는 안국에 미치지 못했지만, 안국보다는 총명했다. 김숙은 안세에게 가통을 물려주고 싶었지만, 안국이 집에 있는 상황에서는 예법에 어긋나 그럴 수 없었다. 그래서 늘 소문이 나지 않을 만한 곳으로 안국을 보내 버리려고 기회를 엿봤지만 그마저 마땅치 않았다.

그러던 중 때마침 김숙의 사촌 동생 김청(金淸)이 안동 지방을 다스리는 수령으로 가게 되었다. 김청이 임금에게 인사를 올리고 안동으로 가는 길에 김숙의 집에 들르자, 김숙은 안국을 맡아 줄 것을 부탁했다.

"저 아이의 평소 모습이 이러저러하단다. 죽이고 싶은 마음이 하루에도 몇 번씩 끓어오르지만 그렇다고 차마 그럴 수도 없는 일. 내쫓아

● **생(生)** 학식은 있으나 벼슬하지 않은 선비를 이르던 말로, '김생'처럼 성 뒤에 붙여 썼다.
● **판서(判書)** 조선 시대에 나랏일을 나누어 맡아보던 육조(六曹)의 으뜸 벼슬.
● **대제학(大提學)** 조선 시대 홍문관과 예문관의 으뜸 벼슬.
● **가통(家統)** 집안의 계통이나 내림.
● **수령(守令)** 조선 시대에 각 고을을 맡아 다스리던 지방관을 통틀어 이르던 말.

버리기로 작정한 지 오래되었다만 보낼 만한 곳이 없더구나. 다행스럽게도 네가 안동의 수령으로 가게 되었으니 저 아이를 데리고 가서 아주 안동 사람으로 만들어 세상 사람들이 저 아이의 존재를 알 수 없게 해 주려무나."

김청은 부탁을 거절하면서 이렇게 위로했다.

"형님, 어떻게 그런 말씀을 하십니까? 예전부터 오늘에 이르기까지 문장으로 이름난 집에 글 모르는 자손이 한둘이었습니까? 그렇다고 자식을 내쫓았다는 말은 아직 들어 본 적이 없습니다. 그런데 어떻게 형님께서 그렇게 하실 수 있습니까? 게다가 안국의 됨됨이가 저렇게 뛰어나니 설령 끝끝내 글을 모른다 하더라도 틀림없이 집안을 지키고 조상님의 제사를 잘 받들 것입니다. 안세가 비록 재주는 있지만 그릇이 작은 데다가 둘째인데, 어떻게 안세를 장자로 세우고 안국을 버린단 말씀입니까? 형님의 판단은 사람의 도리에 어긋난 것이에요."

마침내 김청이 작별 인사를 하고 일어서려 하자 김숙이 손을 잡고 간청했다.

"자네가 내 부탁을 들어주지 않는다면 나는 더 이상 이 세상에 살고 싶은 생각이 없네."

김청은 계속 거절했지만 끝까지 그럴 수도 없어 결국 승낙하고 말았다. 그러자 김숙은 안국을 불러 놓고 영영 작별하는 말을 했다.

"이 시간 이후로 나는 너를 자식으로 여기지 않을 테니, 너도 나를 아비로 생각하지 말거라. 그리고 다시는 한양에 올라오지 말거라. 만일 한양에 발을 들여놓는다면 바로 죽여 버릴 것이다."

김청은 안동으로 부임하고 나서 마음속으로 다짐했다.

'겉으로 풍기는 안국의 모습이 저렇게 범상치 않은데 설마 가르쳐서 안 될 까닭이 있겠는가. 내가 한번 가르쳐 보리라.'

김청은 일을 하는 틈틈이 안국을 불러서 글을 가르쳤다. 그런데 김숙의 말대로 안국은 석 달이 지나도록 하늘 천, 땅 지 두 글자도 깨치지 못하는 것이었다.

"어허, 과연 그렇구나. 형님이 쫓아낼 만도 하다."

김청은 조용히 안국을 불러서 까닭을 물어보았다.

"안국아, 어째서 이렇게 글을 못 깨우치느냐?"

"제가 예전부터 무슨 이야기든 듣기만 하면 정신이 저절로 맑아져 밤낮으로 천 마디 만 마디의 말을 들어도 죄다 또렷하게 기억합니다. 그런데 글만 들여다보면 무슨 말인지 도무지 알 수 없을 뿐만 아니라 '글'이란 말만 들어도 금방 정신이 아득해지고 머리가 지끈지끈 아픕니다. 저더러 죽으라 하시면 죽을 수 있습니다만, 글을 배우는 것은 어떻게 해 볼 수가 없습니다."

김청은 도무지 방법이 없다는 걸 알고는 안국에게 더 이상 글을 가르치지 않았다.

그러던 어느 날, 김청은 고을 좌수 이유신(李有臣)이 부유한 데다 딸을 두었다는 것을 알고 안국을 그 집에 장가보내려 했다. 그래서 이유

• **좌수**(座首) 조선 시대 지방의 자치 기구인 향청(鄕廳)의 우두머리. 그 지방 출신으로 수령을 도왔다.

신을 불러 신랑감이 있다며 혼담을 꺼냈다.

"말씀하신 신랑감은 뉘 댁 도령이옵니까?"

"판서로 계시는 우리 사촌 형의 큰아들이라오."

집으로 돌아온 이유신은 김청의 말에 의심을 품었다.

'김숙 대감은 한양의 귀족 아닌가. 대대로 대제학을 지냈으니 온 나라의 양반이 모두 우러러볼 텐데, 그가 낳은 적자라면 안동에서 혼처를 구할 리가 없지. 혹시 서자가 아닐까?'

이유신이 김청에게 가서 캐물었더니 예전에 정승을 지낸 허연(許捐)의 외손자라고 하는 것이었다. 이유신은 또 은근히 의심이 들었다.

'서자가 아니라면 틀림없이 몸이 성치 않을 게다. 장님인가? 벙어리인가? 그렇지 않다면 고자인가?'

이유신이 다시 가서 물어보자, 김청은 이유신이 안국의 몸에 이상이 있는지 의심한다고 여겨 안국을 불러냈다.

이유신이 안국을 보니, 훤칠한 키에 이목구비가 또렷해 그림 같았고 목소리도 또랑또랑한 것이 참으로 아름다웠다. 이유신은 마음속으로 탄복하면서도 고자가 아닌지 미심쩍었다. 물어보고는 싶었지만 차마 말을 꺼내지 못했는데 김청이 그의 생각을 알아채고 안국에게 바지를 벗어 보라고 했다. 그랬더니 고자도 아니었다. 이유신은 안국이 서자도 아니고 몸에 이상도 없다는 걸 알고 나서는 더더욱 의심이 생겼다.

"사촌 되시는 김숙 대감은 저렇게 기특한 아들을 두셨는데, 굳이 한양에서 천 리나 떨어진 이곳 안동에서 혼처를 구하시는 까닭이 무엇인지 궁금하옵니다."

김청은 끝까지 사정을 감추었다가는 일이 제대로 되지 않을 것이라 생각하고, 안국이 글을 깨우치지 못해 집에서 쫓겨난 사정을 솔직하게 이야기해 주었다.

그 말을 들은 이유신은 속으로 셈을 해 보았다.

'안동 좌수의 딸이 대제학의 아들에게 시집간다면 더 바랄 게 없지. 어떻게 글까지 잘하기를 바라겠는가? 비록 쫓겨났다지만 내가 거두어 살리면 또 안 될 게 뭐 있나?'

마침내 이유신은 혼인을 허락하기로 했다. 김청은 매우 기뻐하며 곧 좋은 날을 잡아 혼사를 치렀다.

얼마 뒤 김청은 벼슬을 그만두고 한양으로 돌아가 김숙에게 안국이 장가들었다는 소식을 전했다. 그랬더니 김숙은 자기의 뜻대로 된 것을 기뻐하며 김청을 칭찬했다.

"잘했네, 잘했어."

혼사를 치른 뒤, 안국은 처가의 별당에 틀어박혀서 석 달이 지나도록 통 문밖으로 나오지 않았다. 그러자 아내가 조용히 물었다.

"허구한 날 방구석에만 들어앉아 계시니 답답하지 않으세요? 출세해서 세상에 이름을 떨쳐 부모님을 영광스럽게 하려면 글을 읽는 것보다 나은 것이 없습니다. 벌써 석 달이 지났는데 글은 전혀 읽지 않으

• **적자**(嫡子) 본처가 낳은 아들.
• **서자**(庶子) 본처가 아닌 다른 여자가 낳은 아들.
• **별당**(別堂) 여러 채로 된 집에서 주가 되는 집채의 곁이나 뒤에 따로 지은 집이나 방.

시고, 게다가 문밖으로 나가지도 않으시니 어쩐 일이세요?"

안국은 잔뜩 이맛살을 찌푸리고 대답했다.

"내가 처음 말을 배울 때부터 아버지께서 나한테 글을 가르치셨다오. 그러나 나는 열네 살이 되도록 하늘 천, 땅 지 두 글자도 깨치지 못했다오. 아버님께서는 내가 집안을 망하게 할 거라며 나를 죽이려는 생각까지 하셨소. 그렇지만 차마 죽일 수는 없어 이곳으로 내쫓으시면서 죽을 때까지 당신 눈앞에 나타나지 말라고 경고하셨소. 그러니 죄인인 내가 무슨 낯짝으로 밖으로 나가 하늘의 해를 바라본단 말이오. 게다가 나는 글자를 깨치지 못할 뿐만 아니라 글이라는 말만 들어도 머리가 빠개지는 듯하오. 그러니 이제부턴 부디 글에 대한 말은 말아 주오."

아내는 한숨을 쉬며 물러났다.

안국의 장인 이유신은 제법 글을 잘 짓는 사람이었다. 그리고 그의 두 아들도 모두 글솜씨가 훌륭했다. 그러나 안국의 사정을 충분히 알고 있었기에 처음부터 안국에게 글을 가르칠 생각을 하지 않았을 뿐만 아니라 일부러 찾아가 만나는 일도 없었다.

아내는 안국이 나이가 들어서도 아무 하는 일 없이 지내는 것을 민망하게 여겼다. 그래서 하루는 다시 안국에게 말을 꺼냈다.

"저의 아버지와 오라버니들 모두 글솜씨가 뛰어나시니 사랑에 나가서 글을 배워 보세요."

안국은 버럭 화를 냈다.

"접때 내가 글이란 말만 들어도 머리가 아프다고 하지 않았소! 그러면 나한테 그 말을 꺼내지 말아야 하거늘, 지금 또 함부로 내뱉는 것은 무슨 까닭이오?"

안국은 머리를 싸매고 드러누웠다. 아내는 아무 말도 못하고 물러났다. 그리고 글이란 말을 꺼내면 남편이 상처를 입는다는 것을 알고는 더 이상 입에 올리지 않았다.

원래 아내 이씨는 글을 뛰어나게 잘 짓는 사람이었다. 책을 두루 읽어 모르는 것이 없었으며, 천성이 온화하고 유순하여 사리를 분별할 줄 알았다. 그렇지만 글을 짓는 것은 여자가 할 일이 아니라 여겨 자신만 알고 지낼 뿐 남들 앞에서 전혀 아는 체를 하지 않았다. 그래서 부모 형제조차도 그런 사실을 전혀 몰랐다. 아내는 안국이 부친에게 죄를 지은 것을 안타깝게 생각하며 글을 가르쳐 보고도 싶었다. 그러나 여자가 남자를 가르치는 것은 예법에 어긋나고, 게다가 안국이 글이라는 말만 나오면 머리를 절레절레 흔들기 때문에 어찌할 도리가 없었다. 그렇지만 남편의 재주가 어떤지 시험해 보고 싶었다.

아내가 다시 안국에게 물었다.

"사람이 돌부처도 나무 인형도 아닌데, 어째 하루 종일 입을 다물고 아무 말도 하지 않고 지내세요?"

"말을 하고 싶어도 누굴 붙들고 하겠소?"

"그러면 저와 함께 옛날이야기나 하시면 어떨까요?"

● **사랑(舍廊)** 바깥주인이 거처하며 손님을 접대하는 곳으로, 집의 안채와 떨어져 있다.

"참으로 바라던 바이오."

부인이 천황씨부터 시작되는 중국의 역사를 기록한 글을 말로 풀어서 이야기해 주자, 안국은 귀를 기울여 매우 재미있게 들었다. 아내는 책 한 권을 다 풀어서 들려주고 나서 말했다.

"이런 한가한 옛날이야기나 설화도 따라 하지 않으면 곧 잊어버려요. 저를 위해 한번 외워 보세요."

"알았소."

대답을 마친 안국이 아내가 들려준 이야기를 쭉 외는데 조금도 빠뜨리거나 잘못된 곳이 없었다. 아내는 속으로 남편을 매우 대견하게 여겼다.

'저이가 탁월한 재주를 지녔는데, 무엇인가 가로막는 게 있나 보구나. 내가 반드시 저 재주를 살려서 문장에 통달하게 만들어야겠다.'

그 뒤로 아내는 밤낮으로 책에 나오는 이야기를 말해 주고 모두 외우게 했다. 안국은 역사 이야기에서 출발하여 마침내는 성현의 행적을 담은 이야기에 이르기까지 수많은 문장을 모두 외우게 되었다.

그러던 어느 날, 안국이 아내에게 물었다.

"여보, 우리가 외운 이야기들은 어디서 나온 것이오?"

"그게 다름이 아니라 바로 글에서 나온 것입니다."

안국은 매우 놀라서 눈을 둥그렇게 떴다.

• **천황씨**(天皇氏) 중국 고대 전설에 나오는 세 명의 임금 가운데 한 사람.

"아니, 그게 정말 글에서 나온 것이란 말이오? 그토록 재미있는 것인데, 나는 왜 머리가 아프지?"

"글은 본래 그렇게 재미있는 것이지요. 머리 아플 까닭이 있나요."

"그렇다면 이제부터 '글'이라는 것을 배워 보고 싶소."

그러자 아내가 《사략》 첫 권을 가져와서 첫 구절인 천황씨에서부터 한 자 한 자 짚어 가며 전에 외웠던 이야기가 어느 대목에서 나온 것인지 일일이 가르쳐 주었다. 그러고 나서 안국에게 책을 읽게 했더니, 둘째 권이 지나서부터는 모두 스스로 이해하는 것이었다.

'그동안 깨치지 못했던 것을 깨쳤으니 이제부터는 잠시도 소홀히 보낼 수 없다.'

안국은 낮에는 밥 먹는 것도 잊고 밤에는 잠도 자지 않으며 날마다 읽고 또 읽었다. 그리하여 이야기로만 외웠던 책 내용뿐만 아니라, 집에 있는 책을 모두 읽고 이해했다. 아내는 안국에게 글을 짓고 글씨를 쓰는 법까지 가르쳤다.

안국이 정신을 집중하고 생각을 모아 글을 짓고 쓰니, 기발한 생각이 계속 솟아나고 글을 짓는 기묘한 방법이 잇달아 펼쳐져 짧은 시에서부터 아주 긴 문장까지, 그리고 초서에서부터 정자까지 두루 잘 쓰게 되었다.

아내는 안국에게 바깥출입을 하라고 설득했지만, 안국은 듣지 않았다. 그러자 아내는 옛글을 인용해 비유했다.

"《논어》에 '덕은 외롭지 않고 반드시 이웃이 있다.' 하지 않았어요? 문장과 도덕의 이치는 별로 다르지 않습니다. 그런데 서방님은 십 년 동안이나 남들과 어울리지 않고 가깝게 지내는 동료가 없으니, 지금부터라도 다른 분들과 사귀며 학문과 덕을 닦는 게 어떻겠어요?"

아내의 말을 듣고 무슨 생각을 했는지 안국은 목욕하고 옷을 차려입더니 장인에게 가서 인사를 드렸다. 장인은 딸이 글을 많이 아는 줄 전혀 모르는 터였으니, 안국을 가르쳐 문장에 능하게 만들었으리라고 상상이나 할 수 있었겠는가! 게다가 안국이 문밖으로 나오지 않은 지가 벌써 십여 년이나 되었는데, 처음으로 제 발로 걸어 나와 갑자기 절을 하니, 놀랍기도 하고 반갑기도 했다. 두 처남도 어리둥절해서 말을 걸었다.

"오늘 밤에 무슨 일이 있기에 우리 김 서방이 밖으로 나왔는가?"

"처남들께서 글을 짓는단 말을 듣고 저도 지어 볼까 하고 나왔습니다."

그 말을 듣고 장인뿐만 아니라 처남들도 모두 허허 웃었다.

"전에 듣지 못하던 말일세. 좌우간 뜻이 가상하니 시험 삼아 해 본들 어떻겠나."

글의 제목을 분판에 적자 안국은 이를 보고 곧바로 붓을 휘두르며 글 한 편을 지었다. 사람들이 안국의 문장을 보니, 내용은 매우 호방

- 《사략(史略)》 송나라 말엽과 원나라 초기의 역사가인 증선지(曾先之)가 편찬한 중국의 역사책으로, 아주 먼 옛날부터 송나라 말까지의 역사적 사실을 요약해서 학문을 처음 배우기 시작한 사람이 보도록 엮은 역사 교과서이다.
- 초서(草書) 서체(書體)의 하나. 필획을 가장 흘려 쓴 서체로, 획의 생략과 연결이 심하다.
- 정자(正字) 서체가 바르고 또박또박 한 글자.
- 《논어(論語)》 유교 경전 가운데 하나로, 공자와 그의 제자들의 언행을 적은 것.
- 분판(粉板) 기름에 갠 분을 널조각에 바른 것으로, 아이들이 붓글씨를 익히는 데 썼다.

하고 글씨의 체법은 정교했다. 그 광경을 보고 모두 몹시 놀라 얼굴빛이 하얘졌다.

"이는 옛 문장가의 수법인데 안국이 이걸 통달하다니, 참으로 굉장한 사건이로구나."

장인은 허둥지둥 안채로 달려가서 딸을 불러 물었다.

"김 서방이 글을 모른다는 사실을 내 익히 알고 있는데, 문장에 글씨까지 대단하게 잘 쓰니 이게 어찌 된 영문이냐?"

안국의 아내는 아버지에게 그동안 있었던 일을 자세하게 말씀드렸다. 그 말을 들은 사람들은 모두 탄복해 마지않았다.

안국의 문장과 학업은 날마다 발전해 영남의 내로라하는 선비나 이름난 대가도 그보다 뛰어난 사람이 없었다. 그때 나라에서 왕자의 탄생을 축하하는 별시가 열렸다. 아내는 그 소식을 듣고 안국에게 권했다.

"이번 별시를 앞두고 온 나라의 글공부하는 선비들이 실력을 겨루기 위해 과거 보는 곳으로 몰려든다고 해요. 아예 글을 못하면 모르겠지만 지금 서방님의 문장이 이만큼 발전했으니, 어찌 좋은 기회를 헛되이 보내고 영원토록 촌사람이 되고자 하십니까? 아버님께서 서방님을 이곳으로 내쫓으셨던 것도 글을 모른다는 것 때문이었지요. 그러나 지금은 예전과 전혀 다르니, 서방님께서는 집으로 돌아가셔서 아버님께 인사를 여쭙는 것이 좋을 듯합니다."

안국은 한숨을 내쉬고 눈물을 흘리면서 대답했다.

"난들 답답하게 여기에 오래 있고 싶겠소? 그렇지만 내가 처음 이곳으로 내려올 적에 아버지께서 다시 한양에 발을 들여놓으면 죽이겠다고 하셨다오. 그렇다고 내가 죽음이 두려워 가지 않는 것이겠소? 다만 아버지가 자식을 죽인 오명을 쓰실까 두려울 따름이오. 집으로 돌아가 인사를 드리고 싶지만, 어찌 그럴 수 있겠소? 또한 자식 된 자가 어버이께 죄를 지었으면 마땅히 머리를 숙이고 죽을 때까지 몸가짐을 삼가야 도리이거늘 어찌 유유히 과거 시험장에 들어가 임금을 섬길 뜻을 두겠소.”

“사람이 지켜야 할 도리로 보자면 서방님의 말씀이 옳습니다. 그렇지만 형편을 고려해 가면서 일을 처리해도 되는 거 아닌가요? 이번에 서방님께서 과거를 보고 합격자 명단에 이름을 올리면, 그걸로 글을 못 배웠던 것을 충분히 보상할 수 있지 않겠습니까? 그런 뒤에 부모님을 찾아뵙는다면 기꺼이 용서해 주시지 않겠어요?”

안국은 아내의 말이 옳다고 여겨 그날로 짐을 챙겨 한양으로 떠났다. 천 리 먼 길을 말 한 필, 종 한 명을 데리고 온갖 고생을 하며 올라갔다. 간신히 한양에 도착해서는 집으로 가고 싶었지만, 아버지를 뵙기가 두려웠고 다른 곳으로 가자니 모두 낯설었다. 어디로 갈까 이리저리 생각해 보니 들를 곳이라곤 유모의 집뿐이었다.

안국이 말을 몰아 찾아가니 유모가 그 모습을 보고는 깜짝 놀라며

- **체법(體法)** 글씨의 체와 붓을 놀리는 법.
- **별시(別試)** 조선 시대에 나라에 경사가 있을 때 보던 임시 과거 시험.
- **유모(乳母)** 남의 아이에게 그 어머니 대신 젖을 먹여 주는 여자.

서도 반가워하며 문밖으로 뛰어나와 손을 잡고 맞아들였다.

"나는 도련님이 진작 죽은 줄 알았다오. 오늘 이렇게 다시 뵐 줄 꿈엔들 생각이나 했겠어요? 그런데 대감님께서 도련님이 돌아온 걸 아신다면 틀림없이 큰 사단이 날 겁니다. 우선은 저 골방에 들어가 지내며 다른 사람들이 모르게 해야겠네요."

밤이 되자 유모가 안국의 어머니를 몰래 찾아가 아뢰었다.

"안동 도련님이 쇤네의 집에 와 계십니다."

안국의 어머니는 안국을 떠나보낸 뒤로 아들 생각에 날마다 눈물로 밤을 지새웠다. 그러던 차에 안국이 왔단 말을 들었으니 버선발로 달려가 보고 싶었지만 남편이 알까 두려워 귀엣말로 유모에게 분부했다.

"대감께서 잠드신 뒤에 아무도 모르게 이곳으로 데려오게."

이에 유모가 분부대로 거행하여 모자가 비로소 상봉하게 되었다. 안국의 어머니가 울먹이며 말했다.

"너와 이별한 지 십 년이 되도록 이승과 저승처럼 소식이 완전히 끊어졌으니, 문밖에 나가 멀리 떠가는 구름을 바라볼 때마다 늘 간장이 끊어졌단다. 네 얼굴을 이렇게 보게 되니, 한편으론 슬프고 한편으론 좋구나."

안국이 어머니를 쳐다보니 주름진 얼굴에 머리는 희끗희끗하여 더 이상 옛날의 모습을 찾을 수 없었다. 안국은 마음이 격해져 눈물을 흘렸다.

"제가 못나서 아버지께 죄를 지었고, 먼 시골로 쫓겨나 어머니마저 상심케 했으니, 이 어찌 자식 된 도리이겠습니까?"

두 사람이 서로 눈물을 흘리며 이야기를 나누고 있는데 밖에서 발소리가 들렸다. 안국의 어머니는 안세가 들어오는 것을 알고 귀엣말로 속삭였다.

"네가 온 걸 아버지가 아시면 틀림없이 너를 죽이려 하실 게다. 그러니 네 동생도 너를 보지 못하게 해야겠다."

안국의 어머니는 안국에게 이불을 씌워 뒤쪽에 누워 있게 했다. 안세가 방문을 열고 들어와 보고는 물었다.

"이불을 덮어쓰고 있는 게 누구예요?"

안국의 어머니는 끝내 숨기기가 어려울 것을 알고 안세를 앉히고는 나지막한 소리로 말했다.

"바로 네 안동 형이란다."

그러자 안세는 박수를 치며 껄껄껄 웃었다.

"그러면 그렇지, 안동 형이 여기 와 있었네요. 조금 전 아버님께서 꿈에 안동 형을 보셨다며 머리가 지끈지끈하다시더군요. 그래서 어머님께 말씀드리려고 온 건데, 안동 형이 정말 와 있었네요."

"쉿! 안세야, 네 아버지가 이 일을 아시면 틀림없이 큰 변고가 생길 게다. 그러니 절대로 입 밖에 내지 말거라."

안세도 안국의 일에 대해 귀가 따갑게 들었기 때문에, 아버지가 아시면 곧바로 형을 죽이려 하실 게 분명하다는 것을 짐작하고 감히 아

* **쇤네** 신분이 낮은 사람이 신분이 높은 사람을 상대하여 자기를 낮추어 이르던 말.

버지께 아뢰지 못했다.

안국은 어머니께 작별 인사를 드리고 유모의 집으로 돌아갔다. 다음 날 과거 시험이 있었는데 안국은 과거 시험장조차 찾지 못했다. 십여 년 동안 집을 떠나 있었기 때문에 어디가 어디인지 전혀 분간할 수 없었을 뿐만 아니라 과거를 보는 곳이 어디인지도 몰랐다. 게다가 길동무가 되어 줄 사람도 하나 없었다. 어디로 갈지도 정하지 못해 서성이고 있을 때, 마침 잘 차려입은 소년 하나가 지나갔다.

"도련님, 저 사람 뒤를 따라가세요."

안국은 유모의 말대로 했는데, 그 사람은 바로 안세였다. 과거 시험장에 도착해 보니 동생은 물론이고 과거를 보러 온 사람 모두 재상집의 자제들이었다. 안세는 안동 형이 글도 모르면서 따라온 게 부끄러워 누구냐고 묻는 사람이 있으면 형이라 하지 않고 시골에서 온 손님이라고 했다.

과거 시험 제목으로 책문이 나오자, 사람들이 종이와 붓을 들고 요

란을 떨며 달려 나가 제목을 베껴 왔다. 그러나 안국은 손에 아무것도 들지 않고 앞으로 나가더니 한 번 쓱 보고는 곧바로 시험 제목을 외우고 돌아왔다. 그러고는 앉아서 잠시 생각하더니 답안을 쓸 종이를 펼쳤다. 이어 먹을 갈아서 붓대를 놀려 답안을 쓰고는 한 번 쭉 읽어 보고서 맨 먼저 내는 것이었다.

그 모습을 본 안세는 속으로 경탄했다.

'누가 우리 안동 형보고 글을 모른다 했던고?'

안국은 과거 시험장을 나와서 유모의 집으로 돌아가 머물렀다.

● **책문**(策問) 정치에 관한 방법을 물어서 답하게 하던 과거 과목.

과거 시험관이 심사를 끝내고 결과를 보니, 장원은 김숙의 아들 안국이었다. 시험관은 친구의 자제가 장원 급제한 것을 축하해 주려고 김숙의 집으로 달려갔다. 그러고는 문 앞에 채 당도하기도 전에 '이번 과거에 급제한 사람 나오라.'라고 재촉했다. 김숙은 안세가 급제한 줄 알고 기쁜 마음으로 합격자 명단을 보았다. 그랬더니 십 년 전에 안동으로 쫓아낸 안국의 이름이 보이는 것 아닌가. 김숙은 매우 당황하여 노발대발하면서 소리쳤다.

　　"이놈은 안동 구석에 엎드려 있는 것이 제 분수이거늘 감히 아비의 명을 어기고 한양으로 올라왔단 말이냐! 그 죄 만 번 죽어 마땅하다. 그놈이 급제했다지만 틀림없이 남의 손을 빌려서 시험을 보았을 게다. 어찌 나 김숙의 집안에서 남의 손을 빌려 과거에 합격한 놈이 나올 수 있단 말이냐!"

　　김숙은 당장 안국을 쳐 죽이려고 종들에게 불같이 호령했다.

　　"속히 안동 놈을 잡아 데려오너라."

　　안국은 허둥지둥 달려와서 아버지 앞에 엎드렸다. 김숙은 매우 화가 나서 한마디도 묻지 않고, 종들에게 사정 두지 말고 곤장을 치라고 했다. 그런데 그때 과거 시험관이 들어와서 물었다.

　　"이번 과거에 급제한 사람이 어디 있소?"

　　김숙이 대답했다.

　　"지금 그놈을 때려죽이려 하는 중이오."

　　"그게 대체 무슨 말씀이오?"

　　김숙은 이러저러한 사정을 이야기했다.

"정말로 남의 손을 빌려 과거를 치렀는지 우선 알아본 다음에 뜻대로 처결해도 늦지 않으리다."

김숙은 쌀쌀맞게 대꾸했다.

"당치도 않은 말씀이오. 저놈이 나이 열넷이 되도록 하늘 천, 땅 지두 글자도 깨우치지 못했는데, 십 년 사이에 무슨 수로 글을 배워 급제를 하겠소? 그럴 가능성이 전혀 없는데 무슨 시험을 해 본단 말이오!"

김숙은 매를 치라고 재촉했다. 시험관은 김숙을 만류했지만 듣지 않자, 마루에서 내려가 안국을 붙들고 올라왔다. 김숙은 시험관에게 버럭 화를 냈다.

"내가 내 자식을 죽이는데 그대가 왜 나서는가? 나는 이놈을 보기만 해도 머리가 지끈지끈거리네. 아이고, 골치야!"

김숙은 그만 이불을 덮어쓰고 드러누워 버렸다.

안국이 아버지를 보니 아무래도 노여움을 풀 것 같지 않았다. 이제 틀림없이 죽겠다고 생각하며 아무 말 없이 숨을 죽이고 엎드려 있는데, 과거 시험관이 안국에게 물었다.

"여보게, 잠깐 일어나서 내 물음에 답하게. 이번 과거 시험의 제목을 기억하겠는가?"

그러자 안국이 일어나 과거 시험의 제목을 외우는데, 한 자도 틀리지 않는 것이었다. 김숙이 누워서 들어 보니 글자 하나 깨우치지 못하던 놈이 책문의 제목을 쭉 외는 것이 자못 수상했다. 김숙이 의아스럽게 생각하고 있는데, 과거 시험관이 다시 물었다.

"이번에 자네가 쓴 답안을 기억하겠는가?"

안국은 이번에도 자기가 쓴 답안을 줄줄 외웠다. 그 문장은 실로 끝없이 펼쳐진 큰 바다에 파도가 일고, 천 리 먼 길을 말이 힘차게 내달리듯이 변화무쌍하고 힘이 넘쳤다. 김숙은 안국이 외우는 것을 다 듣고 일어나더니 안국의 손을 잡고 부르짖었다.

"이게 꿈이냐, 생시냐? 네가 어떻게 이런 훌륭한 문장을 지을 수 있게 되었느냐! 십여 년 동안 다른 고을의 등잔불 밑에서 한양을 그리는 마음이 오죽했겠느냐? 아아! 우리 조상의 빛나고 빛나는 명성을 네가 다시 떨치는구나. 내 지난날 머리 아프던 것이 네가 낭랑하게 글 읽는 소리를 듣자마자 씻은 듯이 가셨구나. 아비가 자식을 가르칠 수 없으니 자식을 바꿔서 가르쳤다는 옛 말씀을 지금에야 알겠구나."

안국은 무릎을 꿇고 글을 잘 짓게 된 그간의 사정을 아뢰었다. 김숙은 손뼉을 치며 기뻐했다.

"얼른 가마를 준비해서 안동 며느리를 데려오너라."

그러고는 과거 시험관을 돌아보며 고마워했다.

"그대가 아니었더라면 내 아들을 죽일 뻔했네."

김청이 밖에서 이 소식을 듣고 헐레벌떡 달려와 안국의 글을 보니 세상에서 보기 힘든 훌륭한 문장이었다.

"대체 누가 이 아이를 이렇게 만들었답니까?"

"제 처가 가르쳤다는구나."

김청이 김숙을 돌아보며 경탄했다.

"형님, 우리 형제가 평생 가르치지 못한 것을 저 아이의 처가 가르쳤어요. 위풍당당한 대장부가 일개 아녀자에 미치지 못했습니다."

안국의 아내가 한양으로 올라오자 김숙은 잔치를 크게 벌이고 손님들에게 말했다.

"큰아들이 훌륭한 문장가가 되어 조상을 빛낸 것은 모두 우리 며느리의 공입니다."

그 말을 듣고 모두들 칭찬하고 부러워했으니, 안동에 그런 여자가 있을 줄 누가 생각했겠는가.

안국의 아내는 시가에 와서도 시부모에게 효도하며 며느리의 도리를 극진히 다했다. 그러면서도 자신의 공을 내세우는 법이 없었기 때문에 시부모의 두터운 사랑을 듬뿍 받았다.

그 뒤로 안국의 글재주와 명망은 날로 더해져 마침내 대제학이 되었다고 한다.

이야기 ··· 셋

어려울 때일수록 남을 돕는 법

호남 지방에 사는 한 무변은 젊은 나이에 무관을 뽑는 과거에 급제했으며, 재산도 제법 넉넉했다. 그래서 무변은 속으로 좋은 벼슬자리를 구하는 것은 손바닥을 뒤집는 것처럼 쉬울 거라 생각했다. 무변은 한양에 갈 때마다 좋은 옷을 입고 윤기 나는 좋은 말을 타고 재물을 가득 싣고 가서, 세력 있고 신분 높은 사람들과 친분을 맺고, 벼슬이 높고 권세가 있는 집안 사람들과 사귀는 데 썼다. 그렇지만 간교한 무리에게 속고 부랑배에게 당하여 헛수고만 했을 뿐, 입 밖에 내놓을 만한 성과가 없었다.

무변은 가진 재산이 점점 줄어들어 논밭까지 조금씩 내다 팔았으며, 몇 년 뒤에는 완전히 일을 그르쳐 고향으로 돌아왔다. 무변은 그제야 벼슬살이에 대한 생각을 접고 농사짓는 일에만 마음을 붙여야겠다고 생각했다. 그러나 집안사람들뿐만 아니라 마을 사람들까지 무변이 부질없이 많은 재산을 날리고도 변변한 벼슬자리 하나 얻지 못했다고 흉을 보는 것이었다.

사람들의 조롱과 비웃음이 귀가 따가울 정도로 들려오자, 무변은 한편으로는 부끄럽고 참담했으나 한편으로는 분한 마음을 견딜 수 없었다. 그러다 결국 그나마 남아 있던 논밭까지 죄다 처분하여 돈을 마련하고 다시 한양으로 떠났다.

'이번에도 벼슬자리를 얻지 못하면 차라리 여점에서 늙을지언정 고향에는 결코 돌아가지 않으리라.'

무변이 충청도에 이르자 해가 지면서 날이 어둑어둑해졌다. 묵을 곳에 도착하려면 아직 멀었는데 시커먼 구름이 어디선가 몰려오더니 순식간에 하늘을 온통 뒤덮었다. 곧이어 소나기가 퍼붓고 천둥이 치기 시작했다. 무변이 당황스러워 어찌할 바를 모르고 있는데, 저 멀리 나무 사이로 집 한 채가 어렴풋이 눈에 들어왔다. 무변이 말을 몰아 그 집으로 가서 주인에게 사정을 이야기하고는 하룻밤 묵어가겠다고 부탁했더니 주인이 허락했다.

저녁을 먹고 나서 주인과 이런저런 이야기를 나누느라 밤이 깊어 가는 줄도 몰랐는데, 갑자기 아득히 먼 곳에서 여인의 곡소리가 들려왔다. 그 곡소리는 가슴이 저밀 만큼 처량했다.

무변이 놀라 주인에게 물었다.

"이게 웬 곡소리입니까?"

"몇 해 전 어느 양반 가족이 여기서 한 마장 떨어진 곳에 들어와 살게 되었답니다. 식구라고는 늙은 부부와 혼사를 치르지 않은 아들과 딸뿐이었지요. 네 식구는 지독하게 가난해 남의집살이를 하며 입에 풀칠을 했는데, 갑자기 며칠 전에 노부부가 모두 죽더니 아들마저도 저세상으로 떠나서 딸 하나만 남았습니다. 그런데 일가친척도 없고 재산도 없어 장례도 치르지 못하고 있답니다. 곡소리는 틀림없이 그 집 딸이 우는 소리일 겁니다."

무변은 주인의 말을 듣고는 불쌍하고 안타까운 마음이 들었다. 그래서 날이 밝자마자 그 집을 찾아갔는데, 적막하여 사람이 사는 것 같지 않았다. 조금 있다가 한 여인이 안에서 인기척을 냈다.

"이렇게 누추한 곳에 누가 오셨소?"

그러더니 여인이 밖으로 나와 무변을 맞이했다. 여인은 제대로 먹지 못해 핼쑥한 데다 가족을 잃은 슬픔이 얼굴에 가득했다. 머리카락은 흐트러져 꾀죄죄하게 보였고, 옷은 죄다 해져 있었다. 그렇지만 타고난 바탕이 있어서인지 알 수 없는 기품이 배어 나왔다. 무변은 여인의 사정을 자세히 알아보고 나서 자신의 하인에게 돈을 주며 시신을 묶을 포목과 관을 사 오라고 시켰다. 그러고는 시신을 염습하고서 차례대로 그 집 뒤뜰에 묻어 주었다.

- **무변**(武弁) 군에 적을 두고 군사 일을 맡아보는 관리로, 무관(武官)이라고도 한다.
- **부랑배**(浮浪輩) 한곳에서 살지 않고 하는 일 없이 떠돌아다니는 무리.
- **여점**(旅店) 길손이 밥이나 술을 사 먹거나 쉬던 집.
- **마장** 거리의 단위로, 한 마장은 오 리나 십 리가 못 되는 거리를 이른다.
- **염습**(殮襲) 시신을 씻긴 뒤 수의를 갈아입히고 베로 묶는 일.

무변이 여인에게 물었다.

"친가든 외가든 일가친척이 있소?"

"외가 식구 가운데 성은 아무개고 이름이 아무개인 분이 아무 마을에 살고 계십니다. 그러나 저는 여자의 몸인 데다 돌봐 주는 이도 없으니 그곳으로 갈 방법이 없어요. 다행히도 어르신의 도움으로 식구들의 시신을 묻었으니 마음속에 있던 깊은 한은 사라졌답니다. 그러니 더 이상 무얼 바라겠어요? 이제 부모님을 따라가는 것 말고는 다른 방법이 없습니다."

"그렇지 않소. 내가 책임지고 가마와 말을 빌려 아무개의 집까지 데려다 줄 테니 염려하지 마시오."

무변은 종을 시켜 가마와 말 한 필을 빌려 오게 했다. 그리고 여인의 짐을 챙겨 가마에 태우고는 직접 곁에서 챙기며 길을 나섰다. 무변은 아무 마을 아무개의 집을 찾아가 자초지종을 자세하게 이야기하고는 그 집에 여인을 맡겼다. 그러고는 돈이 얼마나 남았는지 헤아려 보니 겨우 십여 꿰미밖에 남지 않았다. 그래서 말을 팔아 오륙십 냥의 돈을 챙기고는 걸어서 이러구러 고생을 하며 겨우겨우 한양에 당도했다.

무변은 여점에 거처를 정하고는 예전에 한양에서 사귀었던 사람들을 찾아갔다. 하지만 옛 친구들은 궁티가 물씬 나는 무변을 보고는 하나같이 냉랭하게 대했다. 어느 누군들 팔을 걷어붙이고 무변에게

● 꿰미 끈 따위로 꿰어서 다루는 물건을 세는 단위.

● 냥(兩) 예전에 엽전을 세던 단위.

벼슬자리를 주선해 주겠는가? 무변은 활 솜씨가 그리 좋지 않기 때문에 도목정사가 돌아와도 재주를 인정받아 선발될 가능성은 전혀 없었다. 게다가 뒤를 돌봐 주는 사람도 없어서 누군가 그를 좋게 보고 추천해 줄 것이란 기대도 애초에 할 처지가 아니었다.

그래서 여러 사람 틈에 끼어 병조 판서에게 명함을 들이밀고 자신의 사정을 한 번 아뢴 것 말고는 달리 한 일이 없었다. 그럭저럭 세월을 보내니 어느덧 오륙 년이 훌쩍 지나가 그나마 지니고 있던 돈도 죄다 떨어져 버렸다. 먹는 것은 우선 여점에서 외상으로 해결할 수 있었지만, 옷은 어떻게 해결할 방법이 없었다. 무변은 고향으로 내려가려 했지만 집안사람들 볼 낯이 없을 뿐만 아니라 고향으로 돌아갈 노자를 마련할 방법조차 없었다.

무변은 병조 판서를 만나 자기의 답답한 사정을 속 시원하게 털어놓아야겠다고 단단히 마음먹었는데, 병조 판서는 사정이 있어서 무변의 명함조차 제대로 보지 못한 상태였다. 그러니 무변의 입장에서는 더 이상 기별을 넣을 길이 없었다.

그러던 어느 날, 무변은 병조 판서의 아버지 동지공이 나이가 여든이 넘었으나 여전히 기력이 좋으며, 사랑에 머물고 있다는 말을 들었다. 무변은 아무것도 할 수 없는 처지였기 때문에 우선 동지공을 만나 가까이 지내야겠다고 생각했다. 그렇지만 동지공이 머무르는 곳은 하인이 문을 단단히 지키고 있어서 들어갈 방법이 없었다. 무변은 하루 종일 이리저리 기웃거려 보았지만 별다른 도리가 없었다. 결국 무변은 날이 어두워지고 사람들의 발걸음이 뜸해지길 기다렸다가, 사람들이 없는 틈을 타서 번개처럼 대문 안으로 들어가 몸을 숨겼다. 동지공이 머무르는 사랑은 깊숙한 곳에 있어서 가는 길도 알 수 없었다. 이리저리 살펴보니, 새로 올린 담이 눈에 띄었는데 그렇게 높지는 않았다.

'지금은 화살을 시위에 걸어 잔뜩 잡아당긴 상태와 마찬가지니 어쨌든 쏠 수밖에 없다.'

한참을 망설인 끝에 몸을 훌쩍 날려 담을 넘은 무변은 캄캄한 곳에 숨어 주변을 살펴보았다. 그런데 그곳이 바로 동지공이 머무르는 사랑이었다. 방 안에는 촛불이 환하게 켜져 있었지만, 인기척은 나지 않았다. 조금 있으려니까 방문이 설핏 열리더니 누군가가 나오는 것 같았다. 때는 삼경의 깊은 밤이라 달빛이 뜰에 비치고 있었다. 무변이 어두컴컴한 곳에 몸을 감추고 슬쩍 엿보니 훤한 얼굴의 백발 노인이 지팡이를 짚고 뜰을 거니는 것이었다.

무변은 그 노인이 틀림없이 동지공일 거라 생각하고는 뛰쳐나가 뜰 한쪽 끝에 엎드렸다. 노인은 전혀 생각지도 않은 와중에 당한 일이라 깜짝 놀라며 물었다.

"너는 누구냐? 무슨 까닭으로 여기에 왔느냐? 틀림없이 좀도둑이렷다!"

• **도목정사**(都目政事) 조선 시대에 벼슬아치의 치적을 심사하여 물러나게 하거나 승진시키던 일.
• **명함**(名銜) 이름이나 신분 따위를 적은 종이쪽.
• **동지공**(同知公) 직함이 없는 노인을 높여 부르는 말.
• **삼경**(三更) 저녁 일곱 시부터 다음 날 새벽 다섯 시까지 두 시간 단위로 하룻밤을 다섯 부분으로 나눴을 때 셋째 부분. 밤 열한 시에서 새벽 한 시 사이이다.

무변은 모른 체하고 자신의 사정을 말했다.

"저는 전라도 아무 마을에 사는 아무개라고 합니다. 무과에 급제한 지 여러 해가 되었으나 여태껏 녹봉을 받아 본 적이 없습니다. 한양과 시골을 바쁘게 오가느라 집안 재산은 하나도 남김없이 날려 버렸습니다. 그러니 부모님을 모시고 처자식을 보살피는 일조차 제 맘대로 할 수 없었습니다. 결국 가족과 작별하고 고향을 떠난 지 여러 해가 되었지요. 고향으로 돌아가고 싶은 마음은 간절하지만 돌아갈 여비마저 없습니다. 근근이 여점에서 걸식하며 지내고 있으니 그 고통이야 이루

다 말할 수 없지요. 그런데 가만히 들으니 대감께서 공명정대하게 일을 처리하셔서 저처럼 기를 못 펴는 사람에게도 벼슬자리를 주신다고 하더군요. 저도 제 사정을 아뢰고 싶어 이곳을 이리저리 돌아다닌 게 벌써 며칠째였습니다. 하지만 하도 엄하게 문을 지켜서 도무지 들어올 수가 없었답니다. 제 사정이 이를 데 없이 답답한지라, 목숨을 걸 작정으로 담을 넘어 이렇게 말씀을 드립니다. 죽을죄를 지었으니 저를 죽이시든 살리시든 대감의 처분에 맡기겠습니다."

　노인은 빙그레 웃으며 말했다.

---

* **녹봉**(祿俸) 벼슬아치에게 일 년 또는 계절 단위로 나눠 주던 금품을 통틀어 이르는 말. 쌀, 보리, 명주, 베, 돈 따위이다.

"자네는 내 아들을 만나려고 온 것 같군. 지금은 밤이 깊어 나갈 수 없으니 나를 따라 올라오게."

노인이 방으로 들어가자 무변도 따라 들어갔다. 노인은 본래 잠이 없어 홀로 무료하게 밤을 보내던 차에 뜻밖에 무변을 만난 것이 반가웠다. 그래서 무변이 지금까지 어떻게 지내 왔고 집안은 어떤지 물었다. 한바탕 이야기가 끝나자 노인은 무변에게 술과 안주를 대접했다. 날이 밝아 오자 무변은 작별 인사를 하고 물러나며 말했다.

"가끔 와서 뵙고 싶습니다만, 드나들기가 어려워서 마음처럼 할 수는 없겠습니다."

"왜 굳이 이곳에서 나가려고 하는가? 내가 구석진 곳에서 지내기 때문에 하루가 다 가도록 사람 그림자를 볼 수가 없네. 참으로 쓸쓸하기 그지없지. 이곳에 딸린 방이 하나 있으니 거기에 며칠 머무르면서 편하게 쉬다 가면 어떻겠는가?"

무변은 속으로는 무척 좋았으나 짐짓 불안하고 편하지 않은 척했다. 그러자 노인이 한사코 무변을 붙잡는 것이었다.

그 뒤로 무변은 그곳에서 먹고 자며 밤낮으로 노인을 곁에서 모시고 앉아 말벗이 되어 주었는데, 어느 날 노인이 물었다.

"자네는 한양으로 지방으로 분주하게 쏘다녔으니 겪은 일이 많을 테지. 그 이야기를 한번 들어 보고 싶네."

무변은 무과에 급제한 뒤에 벼슬자리를 구하려고 논밭을 팔았던 일을 비롯해 그간의 사정을 하나도 빠짐없이 이야기했다. 또 한양에 오던 길에 세 구의 시신을 묻고 여인을 도와준 일도 처음부터 끝까지 자세하게 들려주었다. 노인은 이야기에 귀를 기울이며 제법 관심을 보였다. 그런데 그 일이 있은 뒤부터는 아침저녁으로 나오는 상차림이 전에 비해 눈에 띄게 좋아졌다.

그러던 어느 날, 병조 판서가 찾아오자 노인이 무변을 불러내더니 인사를 시켰다. 병조 판서는 시신을 묻었던 일에 대해 자세히 캐묻고는 무변에게 말했다.

"근래에 몸이 좋지 않아 사람들을 맞이할 수가 없어 명함을 받지 못했네. 그래서 무변들이 내게 하고 싶은 말이 있어도 문밖에서 마냥 기다릴 수밖에 없었지. 그동안 마음이 매우 불편했다네. 자네는 오늘 처음 만났는데도 오래 사귄 친구처럼 친근한 느낌이 드는군. 이제부터 나를 찾아올 때는 평상복을 입게나."

무변은 황송해서 감히 그렇게 할 수는 없다고 했다.

병조 판서를 만나고 나서 며칠이 지난 어느 날, 노인이 무변에게 말했다.

"딴말 말고 나를 따라오게."

노인은 행랑을 지나 계단을 오르고 복도를 따라 이리저리 여러 차례 돌아 한참을 가더니 어느 방에 들어가 자리를 잡고 앉았다. 무변은 노인이 무슨 일을 하려는지 몰라 궁금해 하고 있는데, 갑자기 계집종이 문을 열며 말했다.

● **행랑**(行廊) 대문 안에 죽 벌여서 지어 주로 하인이 거처하던 방.

"주인마님 납십니다."

무변은 너무 놀랍고 당황하여 몸을 일으켜 숨으려 했다. 그러자 노인이 말했다.

"당황하지 말고 편안하게 앉아 계시게."

무변은 어찌된 상황인지 알 수 없어 점점 더 의심스러워졌다. 그 자리를 떠나 달아나고 싶었지만 그럴 수도 없었다. 그래서 두 손을 모으고 머리를 숙인 채 몸을 잔뜩 움츠리고서 조신하게 앉아 있는데, 주인마님이 몸단장을 단정하게 하고 방으로 들어오더니 무변에게 절을 올리는 것이었다. 무변은 더욱 황공하여 허둥지둥 일어나 주인마님을 쳐다보지도 못하고 공손하게 절을 올렸다. 그러자 주인마님이 말했다.

"저를 알아보지 못하시겠습니까? 저를 도와주신 덕분으로 부모님의 시신을 편안하게 장사 지낼 수 있었고, 제 처지 또한 좋아질 수 있었지요. 그때 베푸신 은혜야말로 저를 다시 태어나게 했으니 늘 마음속에 깊이깊이 새기고 잊지 않았습니다. 그러나 당시에는 제가 어리고 경황이 없었던지라, 생각이 제대로 미치지 못해 어디 사시는지, 성함은 무엇인지도 묻지 못했습니다. 물론 은혜를 갚고자 하는 마음은 자나 깨나 떠나지 않았지요. 그렇지만 은혜를 갚을 방법이 없었기에 사람의 도리를 제대로 할 수 없었습니다. 천지신명께서 도움을 주시어 이렇게 인연이 닿아 만났으니 얼마나 다행입니까? 이제야 은혜를 갚고자 했던 제 소원을 이루게 되었네요. 정말이지 이제는 죽어도 여한이 없습니다."

무변은 그 말을 듣고는 그제야 주인마님이 아무 고을의 여인이었다는 것을 깨달았다.

　주인마님이 들려준 그간의 사정은 이러했다. 병조 판서는 일찍이 아내와 사별하고 호남 지방에서 다시 아내를 맞이했는데, 바로 그 여인이 신붓감이었다. 여인은 시집온 뒤에 항상 집안사람들에게 무변이 베푼 일을 들려주었지만 은혜를 갚을 길이 없어 늘 한탄하며 지냈다. 동지공과 병조 판서도 이 이야기를 자주 들었으며, 그때마다 무변의 덕행에 감탄했다. 그러다가 동지공이 우연히 무변의 말을 듣고 며느리가 들려주던 이야기와 딱 들어맞음을 알았다. 그래서 바로 그 사실을 며느리에게 전해 인사를 드리고 은혜를 갚도록 한 것이었다.

　그 뒤로 무변은 음식과 의복 등 풍성하고 극진한 대접을 받았다. 병조 판서는 가까운 곳에 집을 한 채 사서는 무변의 가족을 데리고 와 살게 했다. 또한 살림살이와 집안일을 도울 종도 마련해 주었다. 무변에게는 벼슬자리를 주어 선전관으로 삼았다.

　병조 판서는 사람들을 만날 때마다 무변의 덕행을 이야기했고, 이야기를 들은 조정의 재상들은 무변을 칭찬하고 보살펴 주었다. 그 덕분에 무변의 벼슬은 점차 높아져 아장의 지위에까지 이르렀다.

● **선전관**(宣傳官)　조선 시대 선전관청(宣傳官廳)에 소속된 무관으로, 왕을 모시고 호위하거나 명령을 전하는 따위의 일을 맡아보았다.
● **아장**(亞將)　조선 시대 무관 계통의 차관급 벼슬.

이야기 …

넷

우직한
무변의 인생 유전

인조 임금 때의 일이다. 황해도 봉산 땅에 이씨 성을 가진 무변이 있었다. 그는 재산이 넉넉하고 성격도 활달했다. 남에게 베풀기를 좋아하는 데다 사람을 믿고 의심하지 않아 급한 사정을 하소연하는 사람이 있으면 재산을 떼어 도와주면서도 전혀 아까워하지 않았다. 그 때문에 집안 형편이 점점 나빠져 살기 어려워졌지만, 그를 아는 사람들은 누구나 무변이 언젠가는 크게 성공할 것이라 생각했다.

무변은 선전관으로 있다가 어떤 일에 연루되어 벼슬자리를 잃고 고향에 돌아와 있었는데, 여러 해가 지났지만 다시 관직에 나오라는 소식이 없었다. 그러던 어느 날, 무변이 아내에게 말했다.

"시골구석에 처박혀 지내는 무변에게 누가 벼슬자리를 주는 것도 아니고, 집안 살림이 이렇게 어려우니 굶어 죽을까 걱정되는구려. 어찌 한탄하지 않을 수 있겠소. 남은 논밭을 팔면 사백 냥은 받을 것이오. 내 그 돈으로 한양에 가서 벼슬자리를 구해 보리다. 벼슬자리를 구하면 사는 거고, 구하지 못하면 죽는 게지. 난 이미 마음을 굳혔소.”

아내도 그 생각을 받아들였다. 논밭을 죄다 파니 예상대로 사백 냥을 받을 수 있었다. 무변은 백 냥은 따로 떼어 아내에게 주며 생계를 꾸리게 하고 나머지 삼백 냥을 챙겨 한양으로 갔다.

무변은 건장한 종들을 거느리고 좋은 말을 타고 다녔기 때문에 가는 곳마다 사람들의 눈길을 끌었다. 경기도의 어느 주막에서 하룻밤을 보내게 되어 종놈이 말먹이를 주고 있는데, 말끔하게 차려입은 사내가 안으로 들어오더니 말을 붙였다. 무변이 사내와 종이 나누는 이야기를 들어 보니 마음 씀씀이가 제법 참했다. 종은 사내에게 어디서 왔느냐고 물었다.

“병조 판서 댁 심부름꾼이라오.”

그 말을 들은 무변은 급히 사내를 불러 어디서 왔느냐고 다시 물었다. 사내가 똑같은 대답을 하자 무변은 매우 기뻐했다.

“내 지금 벼슬자리를 얻으려고 한양에 가는 길이네. 희망을 거는 곳이라고는 병조 판서뿐인데, 네가 정말로 병조 판서 댁의 심부름꾼이라면 일이 성사되도록 도와줄 수 있느냐? 그런데 넌 여기에 무슨 일로 왔느냐?”

“저는 병조 판서 댁의 수노입니다. 상전 댁의 종들이 평안도에 많이 살고 있는데, 세금을 걷어 오라는 명을 받고 오늘 길을 나선 것이지요.”

무변이 한숨을 쉬며 말했다.

“너 같은 사람을 만나기가 쉽지 않거늘 이렇게 어긋나 버리는구나.

내가 어떻게 하면 중간에 다리를 놓아 줄 수 있겠느냐?"

"그야 별로 어렵지 않습니다. 저와 함께 한양으로 가시지요. 소인이 대감의 명을 받고 인사를 올린 지는 이미 며칠이 지났지만, 운이 좋은 날을 골라 출발하느라고 오늘에야 떠나왔답니다. 대감께서는 아직 그 사실을 모르시니 지금 다시 돌아가 나리가 부탁하신 일을 마치고 떠나더라도 늦지 않습니다. 그런데 나리가 갖고 있는 돈이 얼마나 되는지 모르겠습니다."

"삼백 냥이네."

"그 정도면 겨우 되겠네요."

무변과 함께 한양으로 간 심부름꾼은 병조 판서 댁 근처에 주막을 하나 잡아 주고는 주막 주인에게 무변을 잘 대접하라고 당부했다. 그런데 그 말투가 자못 위엄이 있어 믿음이 갔다. 주막 주인이 공손히 심부름꾼의 말을 따르자, 무변은 주막 주인이 심부름꾼을 잘 안다고 생각해 더욱 믿게 되었다.

하지만 병조 판서 댁으로 간다던 심부름꾼이 며칠이 지나도 오지 않자 무변은 속았다는 생각이 들어 의심과 걱정을 떨칠 수 없었다. 그러던 차에 심부름꾼이 나타나자 무변은 한나라 고조가 소하를 다시 얻은 것처럼 기뻐했다.

• 수노(首奴) 여러 노비 가운데 우두머리.
• 한나라 고조(高祖)가 소하(蕭何)를 다시 얻은 것처럼 소하는 한나라 고조의 신하였는데, 어느 날 갑자기 사라졌다. 도망친 줄 알았던 소하가 달아난 한신(韓信)을 데리고 돌아오자 고조는 매우 기뻐했다.

무변은 며칠 동안 무엇을 하느라고 오지 못했냐고 물었다.

"나리의 벼슬자리를 알아보는 일이 어찌 금방 되겠습니까? 일이 빨리 성사되도록 도와줄 만한 사람이 있기는 한데, 백 냥은 써야 할 것 같네요. 병조 판서께 누님이 한 분 계신데 홀로되어 지내신답니다. 병조 판서께서 유난히 마음에 두고 계신 분이라 누님의 부탁은 반드시 들어주신답니다. 제가 나리의 일을 그분께 아뢰었더니 백 냥만 가져오면 좋은 벼슬을 곧바로 내줄 수 있다고 하시더군요. 나리, 백 냥을 아까워하지 않고 쓸 수 있으신가요?"

"이 돈은 모두 벼슬자리를 구하기 위한 것인데, 다시 뭘 더 묻느냐?"

무변이 곧장 주머니를 풀어 백 냥을 내주자, 하인들이 의심스러워하며 물었다.

"나리께서는 어찌 친히 가서 보지도 않고 저자에게 돈을 맡기십니까? 저자가 속이지 않을 걸 어떻게 믿을 수 있겠습니까?"

"저 사람은 병조 판서 댁 심부름꾼이 틀림없다. 어찌 그리도 사람을 못 믿느냐?"

다음 날 병조 판서 댁 심부름꾼이라던 사내가 와서 이렇게 말했다.

"마님께서 돈을 받으시고 매우 흐뭇하게 여기며 곧바로 대감께 임시직이라도 적당한 자리가 있으면 꼭 먼저 신경을 써 달라고 간청하셨습니다. 대감께서도 그렇게 하시겠다고 했고요. 그렇지만 믿음이 가는 사람이 곁에서 거들면 일이 더욱 확실하게 되는 법이지요. 아무 고을에 대감과 교분이 깊은 아무개 어른이 계십니다. 대감께서는 그분 말씀이라면 무조건 따르시니 그분께 오십 냥만 드리면 반드시 큰 도움이 될 겁니다."

무변은 제법 그럴듯하다고 생각하여 일을 꾸며 보라 했다. 일을 보고 돌아온 심부름꾼은 얼굴에 기뻐하는 기색이 가득했다.

"과연 흔쾌히 받아들이시더군요."

무변은 오십 냥을 내주었다.

며칠 지나지 않아 심부름꾼은 또 이런 말을 했다.

"대감께서는 첩을 두셨는데, 뛰어난 미인이라 매우 사랑하시지요. 그 첩이 아들을 낳아 곧 돌이 되는데, 번듯하게 돌상을 차리고 싶어도 따로 모아 둔 돈이 없어 난처하답니다. 그러니 돈을 좀 주면 얼마나 좋아하겠습니까? 사랑하는 첩이 간청하면 대감께서 더 잘 들어주시겠지요."

무변은 또 오십 냥을 내주었다. 심부름꾼은 그 돈을 가지고 가더니 금방 돌아왔다.

"예상했던 대로 대감의 첩이 매우 좋아하며 온 힘을 다해 주선해 주겠다고 합니다. 나리께서 좋은 벼슬을 얻는 것은 이제 정해진 일이나 마찬가지니 가만히 앉아서 기다리십시오. 그런데 벼슬길에 나가시려면 관복이 말쑥해야 하니 오십 냥을 들여 장만하는 것이 좋겠네요."

"그것이야말로 꼭 해야지."

무변은 돈을 심부름꾼에게 주면서 관복을 장만하라고 했다. 얼마

● 관복(官服) 벼슬아치가 입던 옷.

지나지 않아 심부름꾼은 전립, 철릭, 광대, 검은 가죽신, 광대에 다는 황금 장신구 따위를 가지고 왔는데 하나같이 빛나고 화려했다. 그것을 본 무변은 매우 기뻐했고, 그동안 심부름꾼을 의심하던 하인들도 모두 믿으며 무변이 틀림없이 좋은 벼슬자리를 받을 거라고 기대했다.

무변은 관복을 차려입고 병조 판서 댁으로 가서 그동안의 사정을 자세하게 아뢰고 애걸했다. 그러나 병조 판서는 턱만 끄덕이고는 끝내 아무런 말이 없었다. 무변은 나중에 다시 병조 판서를 찾아갔지만, 여전히 다른 무변들과 함께 줄을 서서 문안을 올려야 했다. 병조 판서는 무변을 따뜻하게 맞이하려는 기미조차 보이지 않았다. 무변은 새로 관리들을 임명했다는 소식을 들을 때마다 자신의 이름을 찾아보았지만, 자신의 이름자와 조금이나마 비슷한 사람도 없었다.

초조해진 무변은 병조 판서 댁 심부름꾼의 마음을 즐겁게 해 주려고 애썼다. 심부름꾼이 찾아오기만 하면 기름진 고기와 좋은 술을 사서는 마음껏 먹고 마시게 했다. 그러다 보니 남아 있던 오십 냥도 거의 바닥났다. 무변은 고민스러워 심부름꾼에게 물었다.

"여태 아무 성과도 없으니 어찌 된 것이냐?"

"대감께서 나리를 잊을 리 없습니다만, 나리보다 돈을 많이 낸 사람이 있다면 더 긴밀하게 챙길 터이니 어떻게 거기에 낄 수 있겠습니까? 그런 사람들은 대부분 벌써 자리를 얻었지요. 대감께서는 뒷날 다시 사람을 쓸 일이 생기면 나리를 아무개 자리에 추천하겠다고 하시더군요. 제법 수입이 쏠쏠한 자리니 기다려 보세요."

그러나 다시 관리들을 임명했다는 소식이 들려왔지만, 무변의 이름은 없었다.

"아무개 나리와 병조 판서 대감의 누님이 기를 쓰고 청하셔서 거의 성사될 듯했지요. 그런데 뜻밖에도 조정의 대신이 다른 이를 부탁하자 그 청을 받아들이지 않을 수 없었습니다. 그 때문에 자리를 뺏긴 걸 어찌하겠습니까? 머지 않아 유월에 다시 사람을 뽑는데 아무개 자리가 돈을 많이 벌 수 있다 하기에 제가 이미 대감의 누님, 아무개 나리, 그리고 첩에게까지 부탁했습니다. 그러자 그분들이 대감께 청하여 이미 승낙을 받았답니다. 이번만은 결코 그르치지 않을 터이니 기다려 보세요."

무변은 심부름꾼의 말에 반신반의했지만 후하게 대접하지 않을 수 없었고, 그러느라 돈은 완전히 바닥나 버렸다.

새로운 관리가 임명되는 날, 무변과 하인이 모두 일찍 일어나 소식을 기다렸다. 눈이 빠져라 기다리는데, 어느덧 정오가 지나 날이 점점 저물어 갔다. 누가 새로이 관리가 되었는지 다 알려졌지만, 무변의 이름은 찾을 수 없었다. 그리고 심부름꾼은 코빼기도 내밀지 않았다.

무변은 매우 실망하여 정신을 놓고 있는데, 하인들이 비웃고 떠들며 한탄하는 것 때문에 시끄러워 견딜 수 없을 정도였다. 무변은 상전이었지만 아무 소리도 할 수 없어 심부름꾼이 다시 오기만을 기다렸

- **전립**(戰笠) 조선 시대에 무관이 쓰던 털벙거지.
- **철릭**(天翼) 무관이 입는 옷으로, 허리에 주름이 잡히고 큰 소매가 달렸다.
- **광대**(廣帶) 무관들이 입는 옷 위의 가슴에 두르던 넓은 띠.

다. 그런데 전에는 하루가 멀다 하고 오던 사람이 사흘이 지났는데도 오지 않는 것이었다. 무변은 그제야 의심스러워서 주막 주인을 불러 물었다.

"병조 판서 댁 심부름꾼이 이 며칠 발을 딱 끊었는데 어찌 된 일인가? 자네는 그 사람과 친하니 어서 불러 주게나."

"저는 전혀 모르는 사람이옵니다. 그 사람이 병조 판서 댁 심부름꾼이라는 것은 나리께서 더 잘 아시지 않습니까? 저는 정말 그 사람을 모릅니다. 그 사람이 병조 판서 댁 심부름꾼이라 떠벌리고 나리도 그렇다고 하시니 믿은 것일 뿐 그게 사실인지 제가 어떻게 알겠습니까?"

"자네가 친하니 그 집은 알겠지?"

"모르지요. 나리께서는 여태까지 그 사람과 가까이 지내셨으면서 어떻게 사는 곳도 모르신단 말입니까?"

"미처 생각을 못했네."

며칠을 더 기다려 보았지만 결국 병조 판서 댁 심부름꾼은 발길을 끊고 나타나지 않았다.

'가산을 거덜 내어 일개 도적놈에게 죄다 바친 것은 내가 세상 물정에 어수룩했기 때문이다. 여러 대를 이어 온 집안 제사는 끊어지고, 식구들은 죄다 구렁에 빠지게 생겼구나. 일가친척과 동네 사람들은 말할 것도 없고 어린 종들이 나를 원망하고 비웃는다 해도 할 말이 없구나. 평생 거리낄 것 없이 살아왔는데, 이제 어떻게 빌어먹으면서 구차하게 목숨을 부지할꼬?'

아무리 생각해 봐도 죽는 것이 제일 낫겠다 싶어 무변은 결국 목숨을 버리기로 마음먹고 곧바로 한강으로 달려갔다. 무변은 옷을 벗어 버리고 고함을 몇 차례 지르고는 물속으로 달려들었다. 하지만 점점 물이 차오르자 어느새 두려움이 몰려들어 자신도 모르게 몸을 움츠리며 뒤로 물러났다.

'스스로 죽는 것도 어려운 일이니 차라리 맞아 죽는 게 낫겠다.'

다음 날 아침, 무변은 술을 한껏 마셔 흠뻑 취한 뒤 철릭에 검은 가죽신을 신고, 황금 장식이 달린 허리띠를 차고, 팔척장신의 덩치에 머리를 꼿꼿이 치켜들고 밖으로 성큼성큼 걸어 나갔다. 그러자 보는 사람마다 매우 놀라며 무변을 신령스러운 사람인 양 바라보았다.

무변은 덩치가 크고 성질이 사나우며 힘깨나 쓸 만한 사람에게 달려들어 주먹으로 치고 발길을 날렸다. 그 사람은 외마디 비명을 지르며 엎어지더니 벌떡 일어나 허둥지둥 달아났다. 무변은 뒤를 쫓았지만 잡을 수 없었다. 안타까워하던 무변은 다시 지나가는 사람들 가운데 자기를 이길 만한 사람이 있는지 둘러보고는 그 앞으로 나아가 우뚝 서서 눈을 부라렸다. 이는 꼭 미친 사람의 모습인지라, 눈을 마주친 사람 모두 비슬비슬 달아나 순식간에 길이 텅 비어 버렸다.

남의 손에 맞아 죽으려 했지만, 사람들이 오히려 두려움에 떠니 어찌 죽을 수 있겠는가? 날이 저물자 무변은 한숨을 내쉬며 이런 생각까지 했다.

'남의 집에 들어가 아낙들을 희롱하면 세상없어도 맞아 죽겠지.'

다음 날 아침, 또 술을 마신 무변은 옷을 차려입고 큰길을 이리저리 돌아다니다가 새로 지은 단정한 집을 보고는 곧장 그리로 들어갔다.

그러나 아무도 막는 사람이 없었다. 드디어 안채로 달려들었는데 스무
살 정도 되는 젊고 아리따운 여인이 있었다. 그 여인은 구름 같은 머
리를 빗질하고 있었는데, 무변을 보고도 달리 놀라는 기색이 없었다.

　"무얼 하는 사람이기에 남의 방에 함부로 들어오시오? 제정신이 아
니시군요!"

　무변은 아무 말도 않고 곧장 여인의 손을 잡고 끌어안았다. 그런데

여인은 뿌리치지 않고 가만히 있는 것이었다.

　무변은 몹시 이상해서 물었다.

　"네 서방은 어디 있느냐?"

　"남의 남편은 물어서 무엇하오? 세상에 뭐 이런 일이 다 있소! 술 취한 미치광이랑 시비 걸 것도 없지만 본디 법이란 게 있으니 얼른 나가시오!"

　"잔말 말고 네 서방 있는 데나 말해라! 내 진짜로 취한 것이 아니란다. 사정이 있어 어쩔 수 없이 이러는 것이다."

　"사정이라는 게 뭐요? 한번 들어 봅시다."

　"내가 본디 예전에는 선전관이었는데, 못된 도적놈에게 속아 재산을 죄다 잃고 죽기로 작정했으나 스스로 죽을 수가 없더구나. 그래서 남의 손에 맞아 죽으려고 여러 차례 이런 짓을 벌였지만 아직 임자를 만나지 못했단다. 네 남편도 없으니 죽기도 징그럽게 어렵구나. 앞으로 이 일을 어찌할꼬!"

그러자 여인이 한바탕 웃음을 터뜨렸다.

"진짜로 미치셨군요! 세상에 이렇게 죽으려는 사람이 어디 있어요? 벼슬까지 지내신 분이 이런 풍채로 어찌 쓸데없이 죽을 수 있겠어요? 저 또한 부득이한 사정이 있어 다른 데로 시집을 갈까 했는데 뜻하지 않게 공을 만났으니, 이는 하늘이 맺어 준 인연 아니겠어요?"

무변이 무슨 말이냐고 묻자 여인이 답했다.

"제 남편은 본디 역관이랍니다. 본부인을 두고 있으면서 제가 아리 땁다는 소문을 듣고는 첩으로 삼았는데, 그게 벌써 사 년 전의 일입니다. 처음에는 본부인과 한집에서 살았는데, 본부인의 성질이 모질어서 질투를 심하게 부렸어요. 남편은 본부인과 제가 싸우는 것을 견디지 못해 이 집을 사서는 저를 이곳에 살게 했답니다. 처음에는 오가며 숙식도 하고 저를 아껴 주었지만, 본부인의 투기가 두려워 얼마 지나지 않아 점점 발길을 끊었지요. 그 후로는 종년 몇과 함께 지내고 있으니 과부 신세나 다름없답니다. 지난해 역관의 책임자로 중국 북경에 간 남편은 일이 지체되어 일 년이 다 되었지만 돌아오지도 않고 언제 돌아올지 소식도 없습니다. 저는 홀로 빈방을 지키면서 제 그림자나 바라보며 지내는 외로운 처지랍니다. 옷과 음식은 그럭저럭 해결한다지만 사는 재미가 없어 봄바람, 가을 달빛을 대할 때면 저도 모르게 애처롭고 속상할 뿐이랍니다. 단속하는 사람이 없으니 종년들도 줄줄이 달아나 버렸고, 겨우 남은 늙은 몸종 하나도 집에 붙어 있질 않습니다. 제 처지가 이렇게 고단하답니다. 인생살이 얼마나 길다고, 나를 돌보지도 않는 사람을 기다리면서 모진 본부인의 질투를 받으며 살아야 하나요? 항상 빈방에서 홀로 눈물을 훔치며 사는 처지나 도둑놈에게 사기를 당해 죽으려 하면서도 죽지 못하는 처지나 무슨 차이가 있겠어요? 사대부 집의 여인도 아닌데 쓸데없이 말라 죽을 수는 없다는 생각에 뭔가 일을 꾸미려 하는데 뜻밖에 이런 기이한 만남이 생겼네요. 분명 하늘이 우리 두 사람을 불쌍하게 여긴 게지요. 저는 공을 따라가려고 하는데 공께서는 더 생각할 게 있으신가요?"

무변은 여인의 말을 듣고 처음에는 측은한 생각이 들었지만, 함께 살 마음이 전혀 없으니 어찌하랴.

"그대의 말은 좋지만 어디 돌아갈 데도 없는 신세, 죽을 수밖에 없네."

"공은 대장부가 아니시군요. 그렇지만 이 만남은 우연이 아니니, 설마 좋은 길이 없겠어요? 자신을 아껴 일생을 그르치지 마세요."

여인은 방으로 들어가서 주안상을 내오더니 손수 술을 따라 권하는 것이었다. 무변은 이미 여인의 아름다움에 반한 터라 그 말에 감동하여 권하는 대로 받아 마셨다. 술기운이 제법 올라오자 무변은 여인의 손을 잡고 침실로 들어가 정을 나누었다.

• **역관(譯官)** 통역하는 일을 맡아보는 관리.
• **공(公)** '당신'이나 '그대'라는 뜻으로, 듣는 이가 남자일 때 그 사람을 높여 이르던 말.

무변은 그 뒤로 여인의 집에 머물렀는데, 죽고 사는 것은 하늘에 맡겨 두기로 했다. 여인도 남편과 인연을 끊으려 했기 때문에 더 이상 꺼리거나 두려워하지 않았으며, 좋은 옷과 맛있는 음식을 장만하여 무변을 돌보니 수척했던 무변의 얼굴에 날이 갈수록 윤기가 더해졌다. 어느덧 한 달이 흘러가자 죽으려던 생각은 점점 사라지고 살아가는 재미가 쏠쏠해졌다. 여인과 무변에 대한 소문도 걷잡을 수 없이 나돌았다.

얼마 뒤 역관이 돌아온다는 기별이 왔다. 여인은 무변과 함께 달아나려 했지만, 무변은 수치스럽게 여겨 달아나지 않았다. 역관이 경기도 고양의 역참에 당도하자 식구들이 채비를 하고 나가서 영접했다. 역관이 본부인에게 물었다.

"첩이 오지 않았는데, 무슨 일이 있는가?"

"그치에게는 딴 놈이 생겼으니 당신에게 관심이나 갖겠어요?"

역관이 깜짝 놀라 사정을 묻자 본부인은 들은 대로 세세하게 옮겼다. 역관은 화가 산처럼 솟아올라 술상을 밀쳐 버리고 서둘러 말에 올랐다. 날카로운 칼을 차고 서둘러 말을 몰아 여인의 집에 도착한 역관은 두 사람의 목을 치려고 대문을 걷어차며 소리쳤다.

"어떤 도적놈이 내 집에 들어와 내 계집을 훔쳤느냐? 냉큼 나와서 칼을 받아라!"

그러자 어떤 사내가 방문을 밀치고 문 앞에 섰는데 차림새는 눈부시고 모습은 신선 같았다. 사내는 옷을 풀어 헤쳐 가슴을 내보이고 한껏 웃으며 말했다.

"내 오늘에야 죽을 곳을 제대로 얻었구나! 후딱 내 가슴을 찔러라!"

사내는 전혀 동요하지도 않고 조금도 흔들리는 기색이 없었다. 역관
은 얼굴은 들고 있었지만 자기도 모르게 두려움에 벌벌 떨었다. 마치
후경이 양무제를 보듯 기가 질리고 입이 떡 벌어져, 뒤로 물러서서는

● **역참(驛站)** 조선 시대에 관에서 교통 및 통신 수단으로 쓰기 위해 각 역에 비치해 놓은 말을 갈아타던 곳.
● **후경(侯景)이 양무제를 보듯** 후경은 중국 남조 시대 양나라의 장군으로 무제(武帝)의 신하였는데, 무제가 말
  년에 폭정을 하자 반란을 일으켜 성을 함락했다. 그때 후경이 무제와 맞닥뜨리자 감히 바로 보지 못하고 땀이
  흘러 얼굴을 덮었다 한다.

멍하니 한마디도 못했다. 겨우 혀 차는 소리만 몇 차례 내더니, 갑자기 칼을 던져 버렸다.

"네 마음대로 해라."

그러더니 역관은 넋이 나간 듯이 뒤도 돌아보지 않고 나가 버렸다. 벽장에 숨어 그 상황을 지켜본 여인이 무변에게 말했다.

"저리 못난 인간이 뭘 할 수나 있겠어요? 그렇지만 빨리 여기를 떠나는 것이 좋겠네요."

여인은 다락에 올라가 궤짝을 하나 들고 나왔다. 그 속에는 천은 삼백 냥이 들어 있었다.

"친정아버님도 부자였어요. 시집올 때 아버님께 받은 것인데 깊이 감추어 두었기에 남편도 몰랐습니다. 친정아버님이 돌아가신 지 오래되어 기댈 사람이 없었는데 공을 만나 다행입니다. 이거면 살아갈 밑천은 될 거예요."

여인은 패물이 든 상자를 하나 더 가지고 와서 열어 보였는데, 그 속에는 금, 옥, 구슬, 패물, 머리를 꾸미는 여러 가지 장식과 노리개, 아름답게 수놓인 옷가지 따위가 들어 있었다.

"이것만 해도 수백 냥이니, 잘만 부린다면 부자가 안 될 리 없지요. 속히 말에 싣도록 하세요."

다음 날 새벽, 무변은 드디어 종에게 짐을 지우고 짐을 가득 실은 말에 여인을 직접 앉혔다. 그러고는 말 뒤를 따라 서둘러 봉산으로 돌아갔다. 역관은 뒤를 쫓지는 못하고 사람을 보내 이들을 붙잡아 오려 했지만, 여인이 떠난 것을 다행으로 여긴 부인이 말려 그만두었다.

무변은 여인의 재산을 밑천 삼아 팔았던 땅을 죄다 사들였고 돈을 이리저리 잘 굴려 곧 큰 부자가 되었다. 그런 뒤에 다시 한양으로 가서 벼슬을 구했는데, 지난 일을 되새기며 주도면밀하게 일을 처리해 좋은 벼슬에 올랐고 차차 자리를 옮겨 마침내 절도사에 이르렀다. 여인도 무변과 한평생 같이 살며 복된 삶을 한껏 누렸다.

● **절도사(節度使)** 조선 시대에 둔 병마절도사와 수군절도사를 통틀어 이르는 말로, 각 지방의 병마와 수군을 지휘하던 무관 벼슬.

과거 급제는 하늘의 별 따기!

조선 시대에는 과거에 급제하면 머리에 어사화를 꽂고 사흘 동안 거리를 행진하는 축하 의식을 가졌다. 〈모당 홍이상공 평생도〉 중 삼일유가(三日遊街) 부분. 김홍도, 국립중앙박물관 소장.

과거(科擧)는 우리나라와 중국에서 관리를 뽑을 때 실시하던 시험입니다. 중국에서는 수나라(581~618) 때 시작했고, 우리나라에서는 고려 광종 9년(958)에 처음 실시했지요. 조선 후기에는 과거에 급제하는 것이 특히 어려웠습니다. 문과의 정기 시험인 식년시의 경우 합격 정원이 33명에 불과했는데, 양반의 수는 급격하게 늘어났기 때문이지요. 연암 박지원(朴趾源, 1737~1805)은 이웃의 과거 급제를 축하하며 "요행을 말할 때 '만에 하나(萬一)'라 하지요. 어제 과거에 응시한 자가 줄잡아 수만 명이지만 급제자는 겨우 스무 명이니 이야말로 '만에 하나'라 할 만하지 않겠소."라는 편지를 보냈습니다.

급제하더라도 벼슬길에 오르기 어려운 무관

무과의 경우, 과거에 급제하더라도 병조 판서 같은 권력자와 친분이 없으면 관직에 나아가는 것이 어려웠습니다. 사정이 그렇다 보니 권력자를 부지런히 찾아가 아첨하거나 뇌물을 쓰는 일도 많았지요. 다산 정약용(丁若鏞, 1762~1836)은 부패한 현실을 이렇게 지적했습니다.

> 세력이 있는 집안의 사람은 만과(萬科) 출신이라도 아침에 발령을 받고는 저녁에 좋은 자리로 가게 되어 10년 안에 병마절도사가 되지만, 시골 사람은 식년(式年) 과거 출신이라도 좌우에서 방해하고 막아, 늙도록 벼슬을 못해 10대(代)를 두고 쌓아 올린 업적이 여접에서 무너지게 된다. _《경세유표》

권세가 있는 사람은 수천 명을 뽑는 만과 출신이라도 10년 안에 병마절도사가 될 수 있었습니다. 그러나 지방 출신은 겨우 28명을 뽑는 식년 과거 출신이라도 벼슬길에 오를 수 있을지 기약할 수 없었습니다. 그래서 권력자에게 줄을 대려고 허송하느라 대대로 쌓아 온 가산을 탕진하기도 했습니다.

조선 시대 무관이 입는 관복의 가슴과 등에 붙이던 흉배. 품계에 따라 당상관은 호랑이 두 마리가 그려진 쌍호흉배, 당하관은 한 마리가 그려진 단호흉배를 사용했다. 국립중앙박물관 소장.

실력과 상관없는 과거 급제

홍한주(洪翰周, 1798~1866)의 《지수염필(智水拈筆)》에는 실력 없는 사람이 부정한 방법으로 과거에 급제한 일화가 실려 있습니다.

> 영조 임금 때 판서 이일제(李日躋)의 아들이 과거에 급제했을 때의 일입니다. 영조 임금
> 이 불러들여 아버지의 이름을 묻자 아들은 이렇게 대답했습니다.
> "일 자, 제 자이옵니다."
> "제 자는 무슨 자인고?"
> "말발굽 제(蹄) 자이옵니다."

과거에 합격한 사람이 예법은 물론 기본적인 한문조차 모르는 경우를 보여 주는 일화입니다. 원래 아버지의 이름을 말할 때는 'ㅇ 자, ㅇ 자'라고 하지만, 아버지보다 높은 사람에게 답할 때는 그냥 'ㅇㅇ'라고 해야 합니다. 이일제의 아들은 그런 예법을 몰랐지요. 또한 이일제의 이름에 쓰는 한자는 '오르다'는 뜻의 '오를 제(躋)'인데, 아들은 아버지 이름의 한자도 몰라 '말발굽 제(蹄)' 자라고 한 것입니다. 결국 영조 임금은 이일제의 아들이 다른 사람이 쓴 답안지를 냈다는 것을 알아내고 급제를 취소해 버렸습니다. 이렇듯 수준 이하의 사람들이 과거에 합격할 수 있었던 것이 조선 후기의 현실이었습니다. 반면에 실력이 있으면서도 과거에 급제하지 못해 우울하고 답답하게 살았던 사람도 많았지요.

조선 시대에도 있었던 시험지옥

과거에 급제하는 것이 매우 어려웠기 때문에 당시의 부모들도 자식이 공부를 제대로 하지 못하면 눈을 부릅뜨고 큰 소리로 꾸짖거나 주먹질과 발길질을 했답니다. 심지어는 채찍과 몽둥이를 휘두르기도 했다는군요. 자식들은 무서워서 이미 알고 있던 것조차도 잊어버리게 되고 결국 부모님과 책을 지긋지긋한 원수처럼 여기게 되었겠지요? 상황이 이러하니 무슨 수로 공부를 잘할 수 있겠습니까? 공부 못한다고 쫓겨난 김생의 증세가 바로 그런 것이지요. 다음은 다산 정약용의 말입니다. 요즘 학생들만 시험지옥에 시달리는 것이 아니었군요.

> 백성들은 대부분 무지하다. 경서와 사책을 공부해 정치를 담당할 수 있는 사람은 천 명이나 백 명 가운데 한 사람 정도밖에 없다. 그런데 사정은 어떤가. 지금 총명하고 재능이 있는 이들을 모아 일률적으로 과거라는 격식에 집어넣고는 본인의 개성은 아랑곳없이 마구 짓이기고 있으니, 어찌 서글픈 일이 아닐 수 있겠는가. _《여유당전서》

나는 더러운 세상의 굴레를 뛰쳐나와
깊은 산속에 들어와 지내고 있네

인생이 얼마나 길겠는가
　　　그저 내 하고 싶은 대로 하고 살 아 야 지

2

나를 용납치 않는 세상,
녹림객으로
살리라

이야기 … 하나

세 선비의 서로 다른 삶

정양파가 젊은 시절 두 친구와 함께 절에서 글을 읽을 때의 일이다. 하루는 마음에 담고 있던 생각을 나누다가 각자의 평생소원에 대해 이야기하게 되었다. 정양파는 과거에 급제해 재상이 되고 싶다고 했다. 한 친구는 벼슬에 나가는 것은 바라지 않고, 산 좋고 물 좋은 곳을 골라 살면서 산수 자연을 즐기며 지내는 것이 소원이라고 했다. 그런데 다른 한 친구는 아무 말이 없었다. 그러자 두 친구가 물었다.

"자네는 어째서 아무 말이 없는가?"

"내 소원은 자네들과 매우 다르다네. 그러니 제발 묻지 말아 주시게."

하지만 친구들이 한사코 이야기해 보라고 권하자 마지못해 입을 열었다.

"불행하게도 조그만 나라에 태어나, 나라 안에는 내 한 몸 받아들

일 만한 곳이 없는 듯하네. 그러니 마음껏 뜻을 펼쳐 도적의 우두머리나 될까 하네. 깊은 산속, 인적도 닿지 않는 골짜기에 살면서 졸개들을 수만 명 거느리고 의롭지 않은 재물을 빼앗아 생활하는 것이지. 마음대로 여기저기 돌아다니기도 하고, 노래하는 아이들과 춤추는 여인들을 앞에 늘어세우고서 맛있는 음식도 실컷 먹으며 지낼까 싶네. 이렇게 한평생 살아간다면 행복하지 않겠는가?"

이야기를 들은 친구들은 한바탕 웃음을 터뜨리고는 의롭지 못한 생각이라고 나무랐다.

그 뒤에 과연 정양파는 과거에 급제하여 지위가 영의정에 이르렀고, 산수를 즐기며 사는 것이 소원이라던 친구는 포의로 늙었으나, 도적의 우두머리가 되겠다던 친구는 어떻게 되었는지 소식을 알 수 없었다.

정양파가 북관의 감사로 있을 때, 벼슬하지 못하고 늙어 가던 포의 친구는 살림이 쪼들려 도저히 생활을 버텨 낼 수 없는 상황에 처해 있었다. 포의는 예전에 함께 과거 공부를 했던 친한 정만 믿고 정양파에게 손을 벌리기 위해 함경도로 길을 떠났다. 강원도 회양에 이른 어느 날, 갑자기 건장한 사내가 날렵하게 생긴 말을 한 필 대령하고 나타나 포의를 맞이하는 것이었다.

"소인이 사또의 명을 받들어 여기서 기다린 지가 오래입니다. 염려 마시고 말에 올라 함께 가시지요."

포의는 이상하게 여기며 물었다.

"너희 사또는 뉘시며, 어디에 계시느냐?"

"가 보시면 자연히 아실 겁니다."

포의가 말에 오르자 말은 나는 듯이 내달렸다. 그렇게 몇 리를 가자 또 말을 대령하고 기다리는 사람이 있었는데, 이번에는 음식을 깍듯이 대접하는 것이었다.

포의가 또 물어보았지만 대답은 같았다. 그렇게 몇 리를 가니 또 똑같은 상황이 벌어졌다. 밤이 되어도 걸음을 멈추지 않고 횃불을 밝히고 앞으로 나아가 점점 깊은 산골짜기로 들어갔다. 포의는 무엇 때문에 그러는 것인지 어디로 가는지도 모른 채, 사내만 따라갔다.

다음 날 정오쯤 되어서 한 동네에 이르렀는데, 첩첩산중이었는데도 불구하고 집이 즐비했다. 마을 가운데에는 붉은 대문이 있었는데, 세 겹의 문을 지나 말에서 내리자 한 사람이 서 있었다. 머리에는 말총으로 만든 모자를 쓰고, 몸에는 구름무늬가 수놓인 남색 비단의 철릭을 입고 있었다. 그리고 허리에는 붉은 띠를 두르고, 발에는 검은색 가죽신을 신고 있었다. 큰 키에 얼굴은 분을 바른 듯 깨끗했으며 눈은 부리부리하고 이마는 훤칠한 것이 자신감이 넘치고 당당해 보였다. 그 사람이 여유롭게 웃더니 포의의 손을 잡았다.

"자네, 그동안 별일 없었는가?"

그러나 포의는 누구인지 전혀 알아보지 못했다. 자리를 잡고 앉아서 자세히 보니, 바로 절에서 함께 글을 읽을 적에 도적의 우두머리가

- **정양파**(鄭陽坡) 양파는 인조 때 영의정을 지낸 정태화(鄭太和, 1602~1673)의 호.
- **포의**(布衣) 벼슬이 없는 선비를 비유적으로 이르는 말.
- **북관**(北關) 함경도를 군사상 구분하여 북쪽을 북관, 남쪽을 남관이라 했다.

되겠다고 했던 친구였다.

"절에서 헤어진 뒤로 자네의 행적을 전혀 알 수 없었는데, 이렇게 만날 줄이야……."

"내가 말하지 않았던가. 이제 이렇게 뜻을 이루었으니. 재산이 많고 지위가 높은 사람이 부럽지 않네. 이 세상에 공을 세워 자신의 이름을 드러내고 싶지 않은 사람이 있겠는가? 그러나 그렇게 되면 자기 운명을 남의 손에 주는 격이니, 이제나저제나 남의 눈치를 보며 구차한

짓거리나 하면서 살아야 하지 않는가? 게다가 만에 하나 실수라도 하면 형장의 이슬로 사라질 뿐만 아니라 처자식은 노비로 전락하네. 어떻게 그런 삶을 바란단 말인가? 나는 더러운 세상의 굴레를 뛰쳐나와 깊은 산속에 들어와 지내고 있네. 지금은 수만 명의 부하를 거느리고 산더미처럼 많은 재물을 쌓아 놓고 있지. 좀도둑들처럼 가벼운 짐 보따리나 터는 짓은 하지도 않는다네. 부하들이 전국 팔도에 흩어져 있기 때문에 내 수중에는 중국이나 일본의 물건까지 들어오지 않는 것이 없다네. 아울러 탐관오리의 재물은 반드시 빼앗으니, 나의 권세와 부는 임금 못지않네. 인생이 얼마나 길겠는가. 그저 내 하고 싶은 대로 하고 살아야지."

도적의 우두머리가 된 친구는 말을 마치더니 술상을 내오라고 명을 내렸다. 그러자 아름다운 여인들이 쌍쌍이 상을 들고 나왔는데 온갖 음식이 그득했다. 술은 입에 달라붙고, 안주는 넉넉하고 맛있어 두 사람은 실컷 술을 마셨다.

다음 날 두 사람은 재물이 가득 쌓인 창고도 둘러보고 주변의 경치도 구경했다.

"자네가 정태화를 만나러 가는 것은 뭔가 이유가 있기 때문인가?"

"그렇다네."

"그 사람의 마음 씀씀이를 자네는 어찌 모르는가? 설령 뭔가를 주더라도 자네가 생각하는 것에는 미치지 못할 것이네. 여기서 며칠 더 묵고 곧장 집으로 돌아가는 게 나을걸세."

"전혀 그렇지 않을 것이네. 예전에 함께 공부한 의리를 그 사람도 잊지 않았겠지."

"그가 내놓을 돈이라야 고작 몇 냥에 지나지 않을걸세. 그걸 위해 그렇게 멀리 간다는 게 도대체 말이 되는가? 그 정도는 내가 마련해 줄 테니 가지 마시게."

포의는 권유를 듣지 않고 길을 나서려 했다.

"굳이 가야겠다면 더 이상 붙잡을 수는 없겠군. 자네가 하고 싶은 대로 하시게."

그렇게 며칠이 지나고 포의가 떠나려 하자 도적의 우두머리는 부하에게 포의를 말에 태워 모셔다 드리라고 명령하고는 작별 인사를 하면서 이렇게 당부했다.

"자네, 정태화를 만나더라도 내가 여기 있다는 말은 아예 입 밖에 내지 말게. 정태화가 설령 나를 잡고 싶어 하더라도 마음대로 안 될 것이네. 내 이야기를 꺼내는 그날 바로 내가 그 사실을 알게 될 것이네. 만일 그렇게 된다면 자네 머리는 온전히 남아 있지 못할걸세. 명심하고 절대 입도 뻥긋하지 마시게."

"그럴 리가 있겠는가."

도적의 우두머리는 웃으며 포의를 붉은 대문이 있는 곳까지 배웅했다. 포의가 말을 타고 산골짜기를 벗어나 큰길로 나오자 말을 끌고 왔던 사내는 인사를 하고 가 버렸다. 포의는 걸어서 함흥으로 가 정태화를 만났다. 인사를 나누고 나서 포의는 낮은 목소리로 넌지시 일러바치기 시작했다.

"우리가 젊었을 때 절에서 함께 공부했던 아무개가 지금 어디에 있는지 아시는가?"

"그렇게 헤어지고 나서는 어디로 갔는지 모른다네."

"지금 큰 도적이 되어 있네. 그의 말로는 무리가 수만 명인데, 곳곳에 흩어져 있다고 했지. 그러니 그의 곁에 있는 부하는 그리 많지 않고 모두 오합지졸일 것이네. 나에게 영리하고 날랜 군사 삼사십 명만 내준다면 당장 잡아 오겠네."

"그 사람이 도적의 우두머리라고 하더라도 아직 사람들에게 해를 끼친 적이 없네. 게다가 자네의 힘이나 지혜를 생각해 보면 그 사람과는 비교가 되지 않으니 공연히 긁어 부스럼을 만들 것 같네. 그러니 그대는 잠자코 계시게."

포의는 정색을 했다.

"큰 도적이 있는 줄 알면서도 덮어 두고 잡지 않다가, 뒷날 세력이 불어나면 누구에게 책임이 돌아가겠나. 내 말을 따르지 않는다면, 한양에 가서 반드시 이 일을 고발할 것이네."

정태화는 어쩔 수 없이 포의의 말을 들어주기로 했다. 그러고 나서 포의를 며칠 동안 머무르게 하고 떠나보냈는데, 가는 길에 쓰라며 선물한 물건은 도적의 우두머리가 말한 것처럼 보잘것없었다. 그러나 포의가 이야기한 군사들은 붙여 주었다. 포의는 군사들을 거느리고 예전에 갔던 길을 찾아 숲 속에 군사들을 매복시키고는 주의를 주었다.

"내가 먼저 들어갈 테니, 너희들은 여기서 기다려라."

몇 리를 가니 예전에 말을 가지고 왔던 사람이 또 와서 모시고 오라는 명령을 받고 기다리고 있었다고 했다. 그러나 예전과는 달리 말을 가지고 오지는 않았다. 포의는 속으로 매우 이상하게 생각하며 산골짜기로 들어섰는데, 바로 그때 그를 잡으라는 호령이 들렸다. 수없이 많은 도적이 달려들어 그를 묶고는 앞에서 끌고 뒤에서 밀며 잡아가는데, 마치 솔개가 토끼를 낚아채는 것 같았다. 도적들은 포의를 우두머리가 있는 곳으로 끌고 갔다. 한숨을 돌린 포의가 고개를 들어 쳐다보니 도적의 우두머리가 한껏 위엄을 갖추고 앉아 있었다.

"네가 무슨 낯짝으로 와서 나를 쳐다보느냐?"

"무슨 큰 죄를 지었다고 나를 이렇게 욕보이는가?"

"내가 경고하지 않았던가? 함흥 감영에 가서 정태화에게 얻은 물건이 내가 말했던 것처럼 보잘것없지 않던가? 게다가 작별할 때 신신당부한 것은 마음에 담지 않고, 나를 정태화에게 일러바쳤으니 그러고도 무슨 할 말이 있다는 것인가?"

"하늘에 떠 있는 해를 두고 맹세하네. 나는 전혀 그런 일이 없네. 어디서 무슨 말을 듣고서 나를 의심하는 것인가?"

그러자 도적의 우두머리가 큰 소리로 명령했다.

"함흥 감영의 포졸들을 끌고 들어오너라!"

말이 끝나기가 무섭게 수십 명의 군사들이 줄에 묶인 채로 줄줄이 끌려 나와 마당에 엎어졌다. 도적의 우두머리가 그들을 가리켰다.

"이 사람들은 누구인가?"

● **감영(監營)** 조선 시대에 각 도의 관찰사가 직무를 보던 관아.

포의는 얼굴이 사색이 되어 아무 말도 하지 못하고, 그저 죽을죄를 지었다고 사정사정했다. 그러자 도적의 우두머리는 포의를 비웃었다.

"너처럼 하찮고 가련한 놈에게 어찌 내 칼을 더럽히겠느냐? 곤장이나 맞아라!"

그러고는 곤장 십여 대를 때리고서 다시 포의를 묶었으나, 함께 잡혀 온 감영의 군사들은 풀어 주며 말했다.

"무엇하러 이자를 따라와 이런 꼴을 당하느냐?"

도적의 우두머리는 감영의 포졸들에게 스무 냥씩 주며 떠나라고 했다.

"돌아가거든 너희 사또께 분명히 아뢰어라. 다시는 이런 인간의 말을 듣지 마시라고."

도적의 우두머리는 부하들에게 곳간에 있는 재물을 꺼내 저마다 짊어지게 하고는 불을 질러 자신들이 있던 곳을 태웠다.

"세상에서 알았으니 더 이상 이곳에 머무를 수 없다."

그러고는 부하 하나를 시켜 포의를 큰길까지 쫓아 버리게 하고는 어디론가 떠나가 버렸다.

포의는 겨우 산골을 벗어나 집으로 돌아왔다. 그런데 포의의 가족은 다른 동네로 이사를 가 버리고 없었다. 물어물어 이사 간 집을 찾아가 보니 예전에 살던 집과는 비교도 되지 않을 정도로 매우 컸다. 어찌 된 일인지 부인에게 물어보니 이렇게 대답하는 것이었다.

"함흥 감영에 계실 때 편지와 재물을 보내지 않으셨어요?"

부인이 매우 의아해 하며 포의에게 편지를 보여 주었다. 편지를 살펴보니 자기 글씨와 매우 비슷했지만 분명 직접 쓴 것은 아니었다. 자

신이 보냈다는 재물 또한 어마어마하게 많았다. 가만히 생각해 보니 틀림없이 도적의 우두머리가 된 친구가 글씨를 흉내 내어 편지를 쓰고 재물을 보낸 것이었다. 포의는 그제야 자신의 행동을 후회했다.

어떤 이는 함경 감사가 정태화가 아니었다고도 하는데, 알 수는 없다.

이야기 … 둘

어쩔 수 없이 도적이 된 선비

고려 시대에 한 유생이 있었는데, 재주는 남달리 뛰어났으나 재산이 한 푼도 없었다. 툭하면 끼니를 거르고 해진 옷조차도 제대로 입지 못할 정도였다. 그렇지만 유생은 정신을 쏟아 글공부를 하면 반드시 명성을 떨칠 날이 올 것이라고 굳게 믿었다.

유생이 산속 절에서 여러 달째 글공부를 하고 있는데, 그의 아내가 양식을 마련해 보내면서 편지를 함께 부쳤다.

지난번에 보내 드린 쌀은 저의 왼쪽 머리카락을 팔아 마련한 것이고, 지금 보내는 쌀은 오른쪽 머리카락을 팔아 마련한 것입니다. 이제는 잘라 낼 머리카락도 없으니, 우물에 몸을 던져 죽으려 합니다.

유생은 편지를 받고 묵묵히 생각에 잠겼다.

'내가 힘들고 괴롭게 글을 읽는 것은 장차 과거에 급제하여 높은 지위에 올라 아내와 함께 부귀를 누리기 위해서다. 그런데 과거에 급제하지도 못했고, 그동안 고생을 함께한 아내가 죽으려고 하는데, 책은 읽어서 무엇하겠는가!'

유생은 마침내 책을 덮고 집으로 돌아왔다. 머리를 빡빡 깎은 채로 앉아 있던 아내가 유생을 보고는 얼굴을 가린 채 하염없이 눈물을 흘렸다. 유생은 자기도 모르게 서글퍼져 아내를 위로하고는 밖으로 나와 하늘을 우러러보며 길게 탄식했다.

"아아! 하늘이시여! 어찌하여 저를 이 지경에 이르도록 하십니까? 제 문장의 무엇이 남만 못하고, 재주와 지략의 무엇이 남만 못하며, 가문의 무엇이 남만 못하고, 생김새의 무엇이 남만 못합니까? 그런데 나이 서른이 되도록 과거에 급제하지 못했으니, 만권의 책을 읽었어도 한 끼 배고픔을 해결하지 못하고, 천 편의 글을 썼어도 한 번 취하게 마실 술값도 벌지 못했습니다. 어찌하여 이 한 몸 괴롭기 그지

없고 처자식도 춥고 배고픔을 면치 못하는 지경에 이르게 하십니까?"

유생은 잠시 뒤에 정신을 가다듬고 혼잣말을 했다.

"하늘이 내게 재주를 내려 주셨으니, 구렁에서 헤매다 죽게 하지는 않을 것이다. 대장부가 어찌 빈궁하다는 이유만으로 품어 온 뜻을 버릴 수 있겠는가? 마땅히 처음에 지녔던 마음을 갈고닦아서 크게 성공할 때를 기다려야 할 것이다."

그러나 잠시 뒤에 이렇게 탄식했다.

"내 이미 춥고 배고픈 처지에서 허덕이며 죽을 날만을 기다리는 신세이니, 언제 부귀를 이룬단 말인가? 붓과 벼루를 버리고 생계를 도모하는 것이 더 나을 것이다."

그러다가 다시 한숨을 내쉬었다.

"백성이 될 수 있는 것은 사농공상 네 가지뿐이다. 그런데 지금 글 읽는 선비는 될 수 없고 일찍이 물건을 만

● 사농공상(士農工商) 예전에 백성을 나누던 네 가지 계급으로 선비, 농부, 수공업자(장인), 상인을 말한다.

드는 장인 일 또한 배운 적이 없으니 어찌 갑자기 될 수 있겠는가? 그렇다면 농사꾼이나 장사꾼 두 길뿐인데, 지금 내 형편에 농사지을 땅도 없고 장사할 수 있는 밑천도 없으니 어떡한단 말인가. 아무리 살길을 찾아보려고 해도 할 수 있는 것이 없구나!"

유생은 온갖 방법을 궁리하고 이런저런 생각을 하면서 밤늦도록 한숨만 내쉬었다. 그러다가 벌떡 일어나 소리쳤다.

"도적이 되는 길밖에 없구나! 장부가 어찌 가만히 앉아서 죽기를 기다릴 수 있겠는가!"

유생은 그 길로 황급히 성문을 빠져나갔다. 그러고는 은밀한 숲을 두루 돌아다니며 도적의 소굴을 찾아다녔다. 한곳에 이르자 과연 수백 명의 도적이 물건을 훔칠 계획을 짜고 있었다. 유생이 과감하게 도적들이 있는 곳으로 들어가 윗자리를 차지하고 앉자, 도적들이 깜짝 놀라며 물었다.

"그대는 누구인가?"

"나는 아무 곳에 사는 아무개 유생이다."

"무엇 때문에 왔는가?"

"너희들의 대장이 되려고 왔다."

"그대는 무슨 재주를 지니고 있는가?"

"나는 가슴속에 《육도삼략》을 감추고 있고, 손으로는 바람과 구름을 잡을 수 있지. 삼교와 구류를 마치 내 말처럼 암송하고 있고, 하늘과 땅의 이치는 손바닥을 들여다보듯이 환하게 알 수 있네. 자네들이 나를 대장으로 삼으면 가는 곳마다 성공하여 모든 일이 잘 풀리고 이로울 것이다."

그러자 도적들이 서로 돌아보며 수군거렸다.

"이토록 거침없이 말하는 것을 보니, 이 사람에게는 반드시 뭔가가 있을 것이다. 게다가 양반이라 하니 대장으로 삼을 만하다."

"너희들이 나를 대장으로 인정했다면 마땅히 예를 갖춰야 할 것이다."

도적들이 유생을 높은 곳에 앉히고 그 아래에 늘어서서 절을 하자 유생이 이렇게 말했다.

"사람들이 많이 모여 있는 곳에 질서와 약속이 없어서는 안 된다. 그러니 내가 명령을 내릴 것이다. 명령을 어기는 자는 엄중히 다스릴 것이다."

도적들이 일시에 답했다.

"장군의 명령을 누가 감히 어기겠습니까?"

"무릇 도적의 도는 반드시 지혜와 사랑과 용기를 갖춰야만 한다. 지혜란 낌새에 따라 계책을 세우고 깊이 감추어 둔 것을 끄집어내는 것이다. 사랑이란 사람을 해치지 않고 물건을 함부로 빼앗지 않으며 잔인하게 행동하지 않는 것이다. 용기란 일이 닥쳤을 때 과감히 행동하며 불안에 떨거나 두려워하지 않는 것이다. 이 세 가지를 갖춰야 뛰어

• 《육도삼략(六韜三略)》 군사를 지휘하여 전쟁하는 방법에 대해 쓴 중국의 오래된 책으로, 《육도》와 《삼략》을 아울러 이르는 말.
• 삼교(三敎) 유교, 불교, 도교를 가리키는 말.
• 구류(九流) 중국 한나라 때 학파를 아홉 가지로 나누어 이르던 말.

난 도적이라 할 수 있다. 지혜는 시기를 살펴서 나올 수 있는 것이며, 용기는 저마다의 자질에 따르는 것이다. 사랑이 가장 중요한 것이니, 명확하게 조약을 정하지 않을 수 없다. 너희들은 모두 들어라."

도적들이 모두 손을 모으고 앉자, 유생이 말했다.

"취해서는 안 될 재물이 세 가지 있다. 하나는 선량한 백성의 재산이다. 그들의 재산은 손발에 굳은살이 박이도록 밤낮으로 고생하여 겨우 모은 것이다. 그런 재산을 빼앗는 것은 사랑이 아니다. 두 번째는 장사꾼들의 물건이다. 바람이 불고 눈이 내리는 길을 걷고, 안개와 이슬을 맞으며 험난한 곳을 넘어, 사방에서 고생하며 세월을 보내도 이문을 남기지 못하는 것이 장사꾼들의 실정이다. 그들의 물건을 빼앗는 것은 사랑이 아니다. 세 번째는 관가의 재물이다. 관가의 재물은 백성들의 피땀을 짜서 모은 것이며 나라에서 쓰는 것이다. 그것을 빼앗으면 나라에서 쓸 재물이 부족해지며, 결국에는 백성들의 피땀을 더 많이 짜내게 될 것이다. 그러니 가장 해서는 안 될 짓이 바로 관가의 재물을 빼앗는 것이다. 빼앗을 수 있는 것은 고을을 다스리던 관리가 집으로 돌아갈 때 가져가는 재물과 권세를 지닌 사람들이 받는 뇌물이다. 그것들은 모두 나라의 재물인데, 저들이 가로챈 것이다. 나라의 재물은 마땅히 백성들이 함께 나눠 가져야지, 한 사람이 독차지해서는 안 된다. 게다가 이미 저들이 가로챈 것이니, 우리가 그것을 빼앗는다고 한들 어찌 명분과 도리에 어긋나는 일이겠는가?"

그러자 도적들이 모두 손뼉을 치며 옳다고 입을 모았다.

"지당하십니다, 지당하십니다!"

유생은 부하들에게 임기를 마치고 돌아가면서 사사로이 짐을 싣고 가는 관리의 수레를 찾아보도록 했다. 그리고 부하들이 돌아와 보고하면 곧 기발한 계책을 내어 재물을 가로챌 방법을 가르쳐 주었다. 그러면 계책대로 진행되지 않은 적이 없었으며, 발각된 적도 없었다. 그러자 도적들은 모두 기뻐하며 더욱더 유생을 따랐다.

유생은 빼앗은 재물로 형편이 딱한 사람들을 도와주었으며, 남은 물건은 모두 부하들에게 나눠 주었다. 그 때문에 도적들은 모두 유생을 존경했는데, 이웃 사람들은 유생이 도적질을 했다는 사실을 전혀 몰랐다.

그렇게 몇 년이 지난 어느 날, 유생이 어느 외진 곳에 부하들을 모아 놓고 말했다.

"우리가 이렇게 도적질을 하는 것은 옷과 음식을 해결하기 위해서이다. 그런데 지금처럼 푼돈을 빼앗으면 도움은 되지만, 빈번하게 재물을 훔쳐야 하기 때문에 항상 불안에 떨며 지내야 한다. 그러느니 평생 먹고살 걱정을 하지 않아도 되게끔 한바탕 크게 도적질을 하고, 이 일에서 손을 씻고 유유자적하며 여유롭게 살아간다면 좋지 않겠느냐?"

도적들이 모두 엎드리며 대답했다.

"그러는 것이 좋겠습니다."

"그렇다면 너희들은 한양이나 시골 가릴 것 없이 제일가는 부자를 찾아서 보고하도록 하라."

며칠 뒤에 한 도적이 와서 보고했다.

"도성 안에 있는 아무개 관리의 집이 매우 부유합니다. 삼천 냥이나 들어 있는 은궤가 너덧 개나 있습니다. 그러나 그 집 앞에는 큰길이 있고 좌우로는 백성들의 집이 들어차 있으며, 뒤쪽 담은 높이가 두 길이나 됩니다. 겹으로 된 문이 여럿 있고 벽도 이중 삼중으로 되어 있어 손을 쓰기가 참으로 어렵습니다."

"그 사람은 본래 탐욕스럽게 재물을 모았으니, 그런 물건은 빼앗아도 된다. 그 집 뒷담 밖에 길이 있더냐?"

"작은 길이 있는데, 큰길과 통합니다."

"그렇다면 참으로 쉬운 일이다. 아무리 빗장을 걸어 놓더라도, 내가 들어가는 것을 누가 막을 수 있겠느냐?"

유생은 십여 명을 시켜 강가로 가서 달걀 크기만 하되 둥글둥글하고 매끄러우면서 무늬가 선명한 돌멩이를 각자 열 개씩 주워 오게 했다. 돌멩이를 주워 오자 십여 명에게 그것들을 나눠 주며 명령했다.

"너희들은 뒤쪽 담으로 가서 돌멩이를 집 안으로 던져 넣어라. 첫날은 한 번을 던지고 다음 날에는 두 번을 던져라. 날마다 한 번씩 더 던지고 닷새가 지나면 다섯 번을 넘기지 말도록 해라. 다른 사람에게 들켜서는 절대 안 된다."

날마다 돌멩이가 담 밖에서 날아오자 관리의 집에서는 난리가 났다. 때로는 장독을 깨기도 하고 때로는 사람을 맞혀 다치게도 했는데, 돌멩이가 모두 둥글둥글하고 매끄러우면서 무늬가 선명했다. 관리의

• **길** 길이의 단위로, 한 길은 보통 사람의 키 정도의 길이이다.

식구들은 처음에는 누군가 장난삼아 던진다고 생각하여 와자지껄 욕을 퍼부었다. 그러나 시간이 지나자 점점 이상한 생각이 들기 시작했다. 결국 온 집안사람들이 두려워하며 집안에 재앙이 들었다고 생각하게 되었다.

어느 날, 도적 하나가 유생에게 아뢰었다.

"그 집에서 점쟁이를 불러 점을 칩니다."

며칠 뒤에 또 아뢰는 것이었다.

"이번에는 스님을 불러 불경을 욉니다."

또 며칠 뒤에 보고하는 것이었다.

"밖으로 피신 갈 궁리를 하고 있습니다."

또 며칠 뒤에 와
서 아뢰었다.

"온 집안사람들이
다 피신 가고 집에는 노비 몇 명만 남아 있습니다."

그러자 유생이 말했다.

"이제 때가 왔다!"

유생은 시체를 실어 나르는 상여 다섯 틀과 장례 도
구를 마련하여 은밀한 곳에 숨겨 두게 하고, 힘이 센 백여
명은 문밖에 숨어 있다가 도둑질한 물건을 싣고 나오도록 준비시켰
다. 또 날랜 사람을 몇 명 골라 뒷담을 넘어 컴컴한 곳에 숨어 있다가
때를 기다려 문을 열도록 했다. 힘이 센 두 사람은 야차로 변장시켜
얼굴과 몸에 무명베를 감고 손에는 쇠로 만든 창을 들게 하고, 한밤중
에 담을 넘어 들어가 크게 소리를 지르도록 했다.

야차로 변장한 사람들이 내지르는 소리를 듣고 놀라 깨어난 노비들
은 푸른 얼굴에 붉은 머리카락을 한 귀신이 호랑이처럼 포효하는 것
을 보고는 놀라 자빠져 정신을 차리지 못했다. 그러자 도적들은 앞문
을 활짝 열고 자기 무리들을 끌어들였다. 도적들은 조용히 창고의 자
물쇠를 따고 수만 냥이 든 은궤를 들어내어 상여에 나눠 실었다. 그러
고는 장례를 치르는 것처럼 방울을 흔들고 곡소리를 내

● **야차(夜叉)** 모질고 사나운 귀신의 하나.

며 앞서거니 뒤서거니 성문을 나섰다. 들판을 지나 은밀한 곳에 이르자 도적들은 은궤를 부수고 은을 꺼냈다. 유생은 일부를 가지고 나머지는 도적들에게 다 나눠 주었는데, 저마다 집안을 일으킬 만큼 받을 수 있었다. 도적들은 길게 늘어서서 하늘을 우러러보며 맹세했다.

"지금부터 다시 도적질을 하는 자가 있다면 하늘이 반드시 그놈을 죽일 것이다."

도적들은 도적질에 썼던 물건과 무기를 다 불태우고 흩어졌다.

유생은 그때부터 더 이상 먹고사는 걱정 없이 몇 년을 오로지 글공부에만 몰두했다. 유생은 마침내 과거에 장원으로 급제했는데, 조정의 고관들은 그의 재주를 인정하여 큰 고을을 다스리도록 맡겼다. 그리하여 유생은 여러 차례 안찰사가 되었는데, 그때마다 곧고 깨끗한 관리라고 백성들의 칭찬을 받았다. 유생은 뒤에 재상의 지위에 올랐으며, 형조 판서가 되어 형벌에 관한 일을 맡아보았다.

한편 유생에게 도둑질을 당한 관리는 은을 잃어버린 뒤로 가세가 기울어 예전의 위세를 되찾지 못하고 죽었다. 그의 아들 또한 죄를 짓고 옥에 갇혀 사형을 당할 처지에 놓였다. 이 사실을 안 유생은 관리의 아들을 구하기 위해 지은 죄를 살펴보았지만 끝내 살려 낼 방도가 없었다. 그러자 유생은 직접 임금에게 글을 올려 자세한 사정을 아뢰었다.

제가 젊었을 때 추위와 허기에 내몰려 도적 떼에 들어갔는데, 그때 이 사람 집안의 재물을 빼앗아 목숨을 보전하고 요행히 과거에 급제하여 이처럼 임금님의 은혜를 입게 되었습니다. 이 사람이 아니었다면 저는 벌써 오래전에 구덩이에서 뒹굴다가 죽었을 것이니 어찌 오늘이 있었겠습니까? 저의 지난날 행동이 바르지 못하여 나라의 질서를 어지럽힌 죄는 만 번 죽더라도 죗값을 치르기 어려우니, 어떠한 벌이라도 달게 받겠습니다. 원컨대 저의 벼슬을 거두어 이 사람의 죄를 용서해 주시고, 저에게 형벌을 내려 백성들에게 보여 주십시오. 수백 명의 도적이 마음을 고쳐먹어, 나라에서 도적을 막느라 신경을 쓰지 않게 되고 백성들이 겁탈당하는 재앙에서 벗어날 수 있었던 것은 모두 이 사람의 재물 덕분입니다. 이런 점을 고려하여 이 사람에 가할 형벌을 낮춰 살려 주시기 바랍니다.

임금은 신하들에게 형조 판서가 올린 글을 보여 주며 어떻게 처리할 것인지 의논하게 했다. 신하들은 모두 이렇게 답했다.

"이 사람은 언제나 충성스럽고 성실하니, 젊은 시절 한때 저질렀던 허물을 가지고 지금 벌을 주어서는 안 됩니다."

임금은 신하들의 의견을 따랐고 아울러 죄인도 용서해 주었다고 한다.

• **안찰사**(按察使) 각 도의 행정을 맡아보던 으뜸 벼슬.

이야기 … 셋

박문수와 광대놀이

박문수는 경상북도 고령 지방의 권세 있는 집안 자손이었다. 그는 젊었을 때부터 남들보다 담력이 훨씬 셌으며 민첩하고 지혜로워 임기응변도 뛰어났다. 게다가 온갖 책을 폭넓게 읽어 사리에 매우 밝았기 때문에 일찍 과거에 급제했고 중요한 벼슬을 두루 거쳤다.

영조 임금 때 이인좌와 몇몇 사람이 군사를 동원해 반란을 일으킨 뒤 청주를 함락시켰다. 조정에서는 반란 소식을 듣고 매우 놀라 곧바로 병조 판서 오명항에게 군사를 거느리고 가서 토벌하라고 명을 내렸다. 그러자 오명항은 박문수를 종사관으로 삼았고 박문수는 상황에 따라 적절하게 일을 잘 처리하고 오명항을 도와 마침내 반란군을 섬멸하고 돌아왔다.

오명항이 박문수의 재주를 입이 닳도록 칭찬하자, 영조 임금은 박문수가 큰 공을 세운 것을 가상히 여겨 영성군(靈城君)이라는 칭호를 내렸다.

반란을 진압하고 얼마 되지 않아 호남 지방에 기근이 들어 도적이 들끓고 백성들은 여기저기 떠돌며 구걸하는 일이 벌어졌다. 그러나 탐관오리들이 자기들의 배를 채우려고 수탈을 일삼아 백성들의 생활은 갈수록 고달파졌다. 백성들이 조정을 원망하는 소리도 날이 갈수록 높아져 무슨 일이 벌어질지 한 치 앞도 내다볼 수 없게 되었다.

그 소식을 들은 영조 임금은 근심스러워 하며 박문수를 호남 지방의 암행어사로 임명했다. 암행어사는 지방의 높은 벼슬아치에서부터 평민에 이르기까지, 자기 힘을 믿고 법에 어긋나는 짓을 저지른 사람들을 내쫓거나 벌준 다음에 그 사정을 적어 아뢰는 일을 했다. 암행어사가 받는 마패와 비단옷에는 임금을 대신하는 사람이라는 뜻이 담겨 있었다.

박문수는 임금의 명령을 받고는 그날로 짐을 꾸려 떠났다. 호남 지방으로 들어가기 전에는 해진 옷과 너덜너덜한 갓으로 갈아입어 나그네인 것처럼 꾸미고 여러 고을을 두루 돌아다니며 몰래 백성들의 사정을 살폈다. 고을의 풍속을 살피다가 폐단이 있는 곳에는 적절하게 조치를 취했고, 공로가 있는 사람에게는 상을 주고 과실이 있는 사람에게는 벌을 주었으며, 조정의 위신을 분명하게 드러냈다. 그러자 탐관오리들은 박문수가 온다는 소문만 듣고도 두려워서 벼슬을 내놓고 물러났으며, 백성들은 정치가 제대로 되어 간다는 소문을 듣고 안도했다. 호남 지방의 사나운 인심도 사그라지면서 평온해졌다.

그 뒤 박문수는 여러 고을을 살피며 다니다가 지리산 아래에 이르렀는데, 그곳에서도 백성들의 어려운 사정을 들었다. 하루는 우연히 산속으로 접어들어, 나무꾼이 다니는 길을 따라서 십여 리를 걸어 올라갔다. 길은 끊기지 않고 계속 이어져, 갈수록 골짜기가 깊어져만 갔다. 박문수는 산속에 인가가 있을 것이라 짐작하고 계속 걸어 들어갔는데, 산으로 둘러싸인 움푹한 곳에 돌문이 보였다. 박문수가 문을 열고 안으로 들어가 보니 수십 채의 집이 담을 맞댄 마을이 있었다.

박문수는 가장 큰 집을 찾아가 문을 두드렸다. 그러자 정자관을 쓰고 조금 해진 옷을 입은 젊은이가 문을 열고 맞이했다.

"손님께서는 어디서 오셨으며, 또 이 산골엔 어인 일이십니까?"

"제가 산과 물을 좋아하여 사방을 두루 돌아다니곤 합니다. 지리산의 경치를 구경하다가 우연히 산길에 들어섰는데, 길을 따라오다 보니 여기까지 왔군요. 해는 저물고 길도 막혔으니 하룻밤 신세를 지고 내일 아침에 떠났으면 합니다. 그래도 되겠는지요?"

젊은이가 박문수의 행색을 보니 비록 몰골은 지저분하고 비루했지만 몸가짐만은 평범해 보이지 않았다.

- 박문수(朴文秀, 1691~1756) 조선 영조 때의 문신으로, 훌륭한 어사로 알려졌다.
- 이인좌(李麟佐, ?~1728) 조선 영조 때 반란을 일으켰으나 오명항에게 패하여 처형되었다.
- 오명항(吳命恒, 1673~1728) 조선 후기의 문신으로, 이인좌의 난 때 공을 세웠다.
- 종사관(從事官) 조선 시대에 각 군영의 우두머리 장수를 보좌하던 벼슬.
- 군(君) 나라에 큰 공을 세운 사람에게 임금이 내리던 칭호.
- 정자관(程子冠) 예전에 선비들이 평상시에 머리에 쓰던 관으로, 말총으로 만들었다.

"제집이 산속에 동떨어져 있어 먹을 것이라고는 조밥에 채소뿐이라 변변하게 대접할 수는 없겠지만, 이곳까지 오셨는데 어떻게 부탁을 거절하겠습니까?"

젊은이는 곧바로 계집종을 부르더니 저녁을 준비하라고 시켰다. 시간이 조금 지나고 안채에서 상 두 개를 차려 왔는데, 하나는 젊은이 것이고 다른 하나는 손님 것이었다.

"보잘것없는 찬입니다만, 맛없다 타박하지 마시고 많이 드십시오."

박문수는 전혀 그렇지 않다고 손사래를 치고는 수저를 들고 배불리 먹었다. 그러다가 문득 젊은이를 보니 상을 앞에 놓고는 수저도 들지 않고 있는 것이었다. 젊은이는 얼굴에 수심이 가득한 채로 먼 산을 바라보았는데, 무언가 근심이 있는 듯했다. 그때 북쪽으로 난 창문 아래에서 어떤 노부인이 부르는 소리가 들렸다.

"일이 이왕 이렇게 되었으니 너무 걱정할 것 없다. 밥이나 든든히 먹고 마음 편히 있어라."

노부인이 두어 번 같은 말을 하자 젊은이가 대꾸했다.

"손님이 계시니 이제 그만하시고 안에 들어가 쉬세요."

노부인은 알았다고 하며 안으로 들어갔다. 박문수는 이상한 생각이 들어 젊은이에게 물었다.

"방금 간절하게 말씀하시던 노부인은 뉘신지?"

"제 어머니입니다."

"어머님께서 하신 말씀을 들으니 참으로 심상치 않은 것 같던데, 혹시 댁에 무슨 좋지 않은 일이라도 있소?"

"제집에 좋지 않은 일이 있더라도 잠시 머물렀다 가실 손님께서 아실 것까지야 있겠습니까?"

"잠시 머물렀다 가는 길손 처지에 남의 집안일에 관여할 수는 없습니다. 하지만 하룻밤을 신세 지는 처지이니 그 정이 얕다고도 할 수 없지요. 하룻밤 인연에 만리성을 쌓는다는 옛말도 있지 않소? 지금 그대의 집에서 하룻밤을 보내는데 어찌 돕지 않을 수 있겠소? 나는 글 읽는 선비라오. 결코 말을 옮기지 않을 테니 이야기해 보시오."

젊은이는 박문수의 말을 듣고 옷깃을 여미더니 조용히 이야기했다.

"손님의 말씀이 그러하시니 제가 이야기하지 않을 수 없군요. 저희 집안은 대대로 한양에서 살았습니다. 할아버님과 아버님은 모두 높은 벼슬을 하셨답니다. 아버님이 살아 계실 적에 이인좌가 일으킨 난을 피하려고 낙향하셨다가 이곳으로 들어오게 되었지요. 살림이 넉넉하여 마을 사람들도 모두 저희에게 의지한답니다. 그런데 불행하게도 지난해에 아버님이 돌아가셨어요. 그래서 어머님을 봉양하고 아내를 보살피며 농사를 짓고 살아가고 있지요. 다시 한양으로 돌아가고 싶지만, 이곳을 떠나기도 어렵고 짐을 옮길 엄두도 나지 않아 아직까지 이러고 있답니다. 그런데 근래에 이 마을에 흉측한 놈이 하나 나타났지요. 나이는 스물을 넘었고 힘이 장사인 데다 활을 잘 쏩니다. 이놈이 마을 사람들을 업신여겨 아이든 어른이든 가리지 않고 윽박지르고 자기 말을 따르게 하지요. 위세를 부리며 제멋대로 날뛰는데, 아무도 그놈을 억누르지 못하고 있습니다. 자기 말을 어기면 죽이거나 해코지를 하니 참으로 못된 놈입니다. 그 흉측한 놈이 아직 장가를 들지 않았는데 남의 집 아낙을 보기만 하면 욕을 보입니다. 분통이 터질 노릇이지만 감히 입도 벙긋 못하고 있지요. 며칠 전에 그놈이 제게 이러더군요.

'너는 한양에서 내려온 선비인 데다가 집안도 넉

넉하니 장가들기 쉽지. 그렇지만 나는 산골짝의 무지렁이라 장가들 도리가 없어. 그러니 네 마누라를 내게 넘겨라. 너야 다시 장가들면 되지 않느냐. 내 말을 듣지 않으면 너희 집 늙은이나 젊은 놈이나 할 것 없이 죄다 내 손에 죽을 줄 알아라. 어떻게 할 것인지 당장 대답해!'

그래서 잠시 생각해 봤지요.

'막돼먹은 이놈을 막을 방법은 없지. 대놓고 거절하면 틀림없이 이놈의 손아귀에 당할 것이 분명해. 우선 좋은 말로 시간을 버는 게 낫겠어.'

그래서 가족들과 의논해 보고 답을 주겠다고 둘러댔지요. 그랬더니 제 말을 믿고서 돌아가더군요. 그런데 오늘이 답을 주기로 한 날입니다. 조금 있으면 그 못된 놈이 틀림없이 올 거예요. 어떻게 할지 어머님과 아내와 함께 상의해 봤는데, 가슴이 찢어지고 숨이 막히더군요. 온 집안이 한숨과 눈물로 가득하답니다. 재앙이 코앞에 닥쳤는데도 벗어날 계책이 없으니 이렇게 걱정만 하고 있습니다."

"내가 비록 잠시 지나가는 길손이지만, 그대의 말을 들으니 비통함과 놀라움을 금치 못하겠소. 무릇 큰일을 당한 경우에는 마음을 진정하고 해결책을 생각해야 문제를 풀 수 있소. 놀라고 당황하여 어찌할 줄 모르고 허둥지둥하면 틀림없이 욕을 보게 되고 결국에는 일을 그르치게 될 것이오. 그대를 도울 좋은 꾀가 하나 있는데, 내 계책을 따르시겠소?"

"이 재앙에서 벗어나게 해 주신다면 저 산처럼 큰 은혜야말로 죽어도 잊지 못할 것입니다."

"그놈이 오거든 그대는 이렇게 속이시게. '자네 말이 그럴듯하여 내가 받아들일 수 있다고 생각했네. 그래서 집안사람들과 의논하여 내 아내를 그대에게 주기로 했네. 그런데 혼인은 큰일이니 경솔하게 해치울 수는 없네. 반드시 좋은 날을 받은 뒤에 자네 집과 우리 집에서 술을 빚고 소를 잡아 잔치를 벌여 마을 사람들과 즐거움을 함께해야 하네. 자네가 예를 갖추고 혼례를 순조롭게 치르면 끝없는 복이 있을 것이네.' 이렇게 이야기하면 그놈은 틀림없이 자네 말을 들을걸세. 그러면 자네는 책력을 살펴서 날을 잡되 길한지 흉한지 따지지 말고 딱 하루를 정하게. 그날이 복되고 좋다고 그놈을 설득하고 혼례 전에 혼수를 준비하라고 해 두게. 그러고 나서 한 달 안에 하늘이 그대에게 복을 내려 준다면 재앙에서 벗어날 수 있지 않겠는가?"

젊은이는 고마워하며 절을 올렸다.

"손님의 말씀대로 하겠습니다. 그러나 한 달 안에 무슨 계책을 써서 재앙을 벗어날 수 있을지 마음이 놓이지 않는군요. 뒤처리를 잘할 수 있는 방법을 한 번 더 생각해 주십시오."

"착한 사람은 복을 받고 못된 사람은 재앙을 입는 것이 하늘의 도리! 그대는 착하고 저놈은 악하니 하늘의 이치가 밝게 빛나지 않겠소? 너무 심려하지 말고 내 말대로 날짜를 늦출 생각을 하는 것이 좋겠소."

박문수는 몸을 일으켜 곁방으로 물러나 흉측한 놈의 동정을 살피기로 했다. 얼마 있으니 과연 키가 구 척이나 되는 거대한 놈이 나타났는데, 얼굴은 흉측하고 못되게 생겼으며 큰 소리를 질렀다.

"오늘 저녁에 답을 준다고 했는데 어떻게 결정했느냐? 당장 대답을 해라. 그러지 않으면 내 손이 가만히 있지 않을 것이다."

젊은이는 허둥대며 일어나 그놈을 맞았다.

"말해 줄 테니 우선 앉으시게."

그놈은 곧바로 상석에 가서 앉으며 말했다.

"어디 말해 보아라."

젊은이는 박문수가 말한 대로 세세하게 이야기했다. 그러자 그놈은 수염을 쓰다듬으며 껄껄 웃었다.

"네 말이 과연 조리가 있다. 그 말대로 하마. 네가 좋은 날을 고를 줄 아니 당장 날을 잡아라."

젊은이는 당황하거나 서두르지 않고 책력을 보며 날짜를 계산하는 척하더니 한참 있다가 말했다.

"이상하군. 이번 달에는 좋은 날이 없고 다음 달 아무 날이 음양의 조화가 잘되는 날이네. 오늘부터 꼭 한 달 뒤인데, 자네가 기다릴 수 있을지 모르겠군."

"내 성질이 불같이 급한데 어떻게 한 달씩이나 기다리겠느냐? 다시 골라 보아라."

"아무리 가리고 또 가려도 이날보다 앞설 수는 없네. 막중한 혼사를 턱없이 엉터리로 치를 수는 없지. 그대가 그 날짜까지 기다린다면 두 집안 모두 기쁜 마음으로 혼사를 치를 수 있을 것이네."

"네놈은 독 안에 든 쥐요, 새장에 갇힌 새 신세! 그러니 날개를 달

• **책력(冊曆)** 일 년 동안의 해와 달의 운행과 절기, 특별한 기상 변동 따위를 날의 순서에 따라 적은 책.
• **척(尺)** 길이의 단위. 구 척은 매우 큰 키를 일컫는다.

아 준다 해도 날아가지 못할 것이다. 내가 그 날짜까지 기다릴 테니 더 이상 미루지 마라."

그놈은 말을 마치자마자 일어나 나가 버렸다. 박문수는 곧바로 나와서 젊은이에게 말했다.

"저놈을 일단 속여 넘겼으니 그대는 틀림없이 재앙을 면할 것이오. 그러니 몸을 잘 간수하고 지나친 걱정은 마시오."

"손님 덕분에 한 달간 말미를 얻었습니다만, 앞으로 이 재앙을 벗어날 수 있을지 모르겠군요. 제발 좋은 방법을 알려 주십시오."

박문수는 딱 부러지게 답을 하지 않고 잠을 자러 들어갔다. 날이 새자, 박문수는 아침을 먹고 작별 인사를 하고 떠나려 했다. 젊은이는 박문수가 떠나지 않기를 바랐는지 마을 어귀까지 따라와서야 인사를 하고 돌아갔다.

박문수는 그날 곧장 호남 지방에 이런 명을 내렸다.

호남이 본래 광대가 많은 고장이라 일컬어지는데, 내가 지금 그 빼어난 재주를 보려 한다. 각 고을에서는 이름난 광대를 모두 모아 한 명도 빠짐없이 전라 감영으로 보내도록 하라.

암행어사의 엄명을 누가 감히 흐리멍덩하게 처리하겠는가? 각 고을의 수령들은 이름난 광대를 모아 보냈다. 그리하여 전라 감영에 모인 광대가 이삼백 명은 되었다. 박문수는 광대들의 재주를 시험해 백 명을 뽑은 다음 다시 열 명을 가려내고 그 가운데서 가장 재주가 좋은 다섯 사람을 골라냈다. 나머지는 모두 고향으로 돌려보내며 곧 상을 내릴 테니 기다리고 있으라 했다.

선발된 다섯 광대는 남달리 날쌔고 용맹했다. 두어 길은 쉽게 뛰어 올랐으며, 그리 높지 않은 허공에서는 가뿐히 날아다니니 마치 날개를 단 새와 같았다.

박문수는 광대들에게 뛰어오르고 날아서 내려오는 법을 가르쳤는데 연습한 지 며칠 만에 이치를 완전히 터득했다. 재주를 시험해 보니 천신과 다를 바 없었다. 박문수는 매우 기뻐하며 곧바로 푸른색, 누런색, 붉은색, 흰색, 검정색으로 된 다섯 종류의 옷과 두건을 따로 만들게 하고, 긴 칼 다섯 자루를 가져다가 광대들에게 나누어 주고 각자 하나씩 지니게 했다. 박문수 자신도 이상한 모양의 옷과 갓을 만들어 지니고는, 저마다 자기 물건을 잘 싸 두게 했다.

박문수는 예정된 날짜에 맞춰 젊은이의 집으로 향했으며 혼인하는 날에 남몰래 그 마을에 숨어들었다. 어느 집 뒤에 있는 깊은 숲에 몸을 숨기고 마을에서 벌어지는 일을 엿보니 마을 사람들이 젊은이의 집 바깥마당에 모여 왁자하게 떠들고, 집 안에서는 처량하게 울부짖는 소리가 들려왔다. 그 흉측한 놈이 고함을 치며 신부를 내놓으라고 협박을 하고, 젊은이는 죽기를 각오하고 저항하며 마을 사람들에게 울며불며 하소연하는 것이었다.

• **천신**(天神) 하늘에 있다는 신, 또는 하늘의 신령.

마을 사람들은 그 처지를 딱하게 생각하면서도 흉측한 놈의 기세에 눌려 젊은이의 편을 들지 않고 팔짱을 낀 채 구경하거나 길게 한숨을 내쉴 뿐이었다. 그러느라 저녁이 다 되도록 시끄러운 소리가 그치지 않았다.

다섯 광대와 함께 숲에서 나와 젊은이의 집 뒤뜰에 도착한 박문수는 다섯 광대에게 다섯 가지 색의 옷을 입히고 다섯 가지 색의 두건을 씌운 뒤 긴 칼을 들게 했다. 그러고는 지붕으로 올라가서 자신의 명령을 기다리게 했다. 박문수 자신은 기이한 옷과 갓을 착용하고는 갑자기 안채의 마루 위에 모습을 드러내며 큰 소리로 꾸짖었다.

"오늘 이 집에 좋지 않은 일이 있으니 내가 옥황상제의 명을 받들어 그 일을 조사하러 왔노라. 나는 태상 노군이다. 세상에 둘도 없는 흉측한 놈은 결코 용서해 줄 수 없다. 오방신장은 옥황상제의 뜻을 한 치의 어긋남도 없이 받들어야 할 것이다."

• **태상 노군**(太上老君) 중국 춘추시대의 사상가 노자(老子)를 높여 이르는 말.
• **오방신장**(五方神將) 다섯 방위를 지키는 다섯 신으로, 오방장군이라고도 한다. 동쪽의 청제(靑帝), 서쪽의 백제(白帝), 남쪽의 적제(赤帝), 북쪽의 흑제(黑帝), 중앙의 황제(黃帝)이다.

박문수가 동방 청제 장군을 부르자, 소리가 채 끝나기도 전에 갑자기 획획 하는 바람 소리가 들리더니 푸른옷을 입고 푸른 두건을 쓴 신장이 손에 긴 칼을 들고 날아서 마당으로 내려왔다. 또 남방 적제 장군을 부르자 붉은 두건을 쓰고 붉은옷을 입은 신장이 바람을 타고 내려왔다. 또 서방 백제 장군을 부르자 흰 두건을 쓰고 흰옷을 입은 신장이 나타났다. 계속해서 북방 흑제 장군과 중앙 황제 장군을 부르자 검은색과 누런색 옷차림을 한 신장이 나타나 뜰에 모였다. 다섯 신장은 머리를 조아리며 말했다.

"명령을 내려 주십시오."

"내가 옥황상제의 명을 받아 이 집에서 벌어진 일을 다스리러 왔도다! 당장 저 흉측한 놈을 잡아 오너라!"

오방신장은 명령을 듣고 일제히 바깥마당으로 달려가 흉측한 놈을 잡았다. 바깥마당에서 시끄럽게 떠들어 대며 젊은이와 엎치락뒤치락 죽이느니 살리느니 하던 놈은 태상 노군이 내려오고 오방신장이 모였다는 소리를 듣고는 심장이 벌렁대고 간담이 서늘해졌다. 게다가 오방신장이 저마다 긴 칼을 차고 바깥마당으로 달려오는 것을 보자, 손아귀에 힘이 빠지고 다리가 굳어 버렸다. 드디어 그놈은 풀이 꺾여 오라에 묶인 채로 끌려왔다. 태상 노군이 한 번 고함을 치자 오방신장이 일제히 손을 놀려 그놈을 다섯 조각으로 만들어 버렸다.

● **신장**(神將) 귀신 가운데 무력을 맡은 장수신으로, 사방의 잡귀나 악신을 몰아낸다.

아! 흉측한 놈이 못된 욕심을 채우려다가 제 한 몸이 죽어 자빠지는 화를 불러들였으니 어찌 어리석다 하지 않을 수 있겠는가!

마을 사람들은 그날 아침부터 밤늦게까지 젊은이의 집에 모여 있었는데, 흉측한 놈을 위해 몹쓸 짓을 거드는 사람도 있었고, 젊은이의 처지를 안타까워하는 사람도 있었다. 그렇게 시끌벅적한 터에 갑자기 태상 노군이 하늘에서 내려오고 오방신장이 일제히 나타나 흉측한 놈을 잡아다 토막을 내니 놀라고 당황하여 움츠러들지 않는 사람이 없었다. 어떤 사람은 머리를 감싸 안고 쥐새끼처럼 숨었고, 어떤 사람은 몸을 엎드린 채 잘못을 빌기도 했으며, 또 어떤 사람은 하늘을 우러러보며 슬프게 하소연하기도 했으니 참으로 가관이었다. 태상 노군은 오방신장을 불러 놓고 마을 사람들에게 이런 말을 전하게 했다.

"마을 백성들 가운데 우매하고 사리를 몰라 하늘의 이치를 따르지 않고 흉악한 놈을 두려워하여 그놈 편에 서서 나쁜 짓을 한 사람이 있다. 그들은 벌을 받아 마땅하나, 살리기를 좋아하는 하늘의 덕을 본받아 이번만은 그 죄를 용서해 주고자 한다. 그러니 각자 집으로 돌아가 안심하고 생업에 힘써라. 또 이 집 젊은이를 잘 보살피고 마을의 주인으로 생각하고 잘 따르도록 해라."

오방신장이 태상 노군의 말을 마을 사람들에게 전하니 모두 머리를 조아리고 고마워하면서 집으로 돌아갔다. 그러자 태상 노군은 오방신장에게 바람을 타고 담을 넘어 나가게 했다. 그리고 자신은 천천히 걸어서 뒤뜰로 갔다. 젊은이와 그 가족들은 매우 두려워 감히 뒤를 밟아 그의 자취를 엿볼 엄두를 내지 못했다.

젊은이의 집에서는 재앙이 사라지자 집안사람 모두가 기뻐하며 펄쩍펄쩍 뛰었다. 그들은 예전의 길손이 꾸민 일인지 모르고 진짜 태상 노군과 오방신장이 와서 흉측한 놈을 죽인 것으로 알았다. 그래서 뒤뜰에 제단을 쌓고 저녁마다 하늘의 은덕에 감사를 표했다.

다섯 광대와 함께 마을을 벗어난 박문수는 광대들에게 후한 상을 내렸다. 박문수는 광대들을 돌려보내고 나서 너덜너덜한 옷으로 갈아입고 망가진 갓을 쓰고 예전의 모습으로 꾸몄다. 그러고는 다시 그 마을로 가서 젊은이를 찾았다. 젊은이는 박문수가 오는 것을 보고 황급히 머리를 숙이고 절을 했다.

"선생이 아니었더라면 우리 가문의 운명을 더 이상 이어 갈 수 없었을 것입니다. 제가 선생의 묘한 계책을 써서 혼사를 한 달 연기했었지요. 그동안 하늘의 은덕을 입어 흉측한 놈을 없애고 우리 집안의 걱정을 해결했답니다. 마을의 화근도 없어졌으니 이 모든 것이 선생께서 혼사 날짜를 미루라고 가르쳐 주신 덕택입니다."

"하늘의 이치는 자연스럽게 드러나는 것이니, 어찌 사람의 힘으로 되겠습니까?"

박문수는 자신이 태상 노군으로 변신한 일은 말하지 않고, 젊은이의 집에서 며칠 동안 머무르며 즐겁게 회포를 풀다가 점잖게 인사를 나누고 헤어졌다.

그 뒤로 젊은이는 낮에는 밭일을 하고 밤에는 책을 읽으며 편안하게 지냈다. 그리고 마을 사람들의 존경을 받아 아무 걱정 없이 지내다가 삶을 마쳤다고 한다.

이야기 … 넷

이 세상의 호걸남자

영남 지방에 지체 높은 집안의 후손이 있었는데 대대로 이어 온 부잣집이어서 재산이 엄청나게 많았다. 집은 돌로 쌓은 벽이 삼면을 빙 두르고 있었고, 앞쪽에는 큰 강이 마을 어귀를 가로질러 흐르고 있었다. 거느리고 있는 호지집만도 이백여 채가 될 정도로 어마어마한 부자였지만, 여러 대에 걸쳐 촌구석에서 지냈기 때문에 혼인을 맺은 사람들이 모두 향반이었다. 한양에는 얼굴을 알고 지내는 사람조차 없어 권세를 지닌 집안과 인연을 맺고 싶어도 방법이 없었던 것이다.

마침 그때 이웃 울산 수령이 상을 당했는데, 생질 박 교리라는 사람이 장례 치르는 일을 도맡아 하던 터였다. 하루는 강 건너 모래사장에서 날렵하게 생긴 말과 건장한 종들을 거느린 무리가 나타나더니 배를 타고 강을 건너왔다. 무리가 강을 건너 뭍에 오르자마자 한 사람이

가볍게 말을 몰아 사라지더니 눈 깜짝할 사이에 부잣집 대문 앞에 당도해서는 말에서 내려 마루에 올랐다.

주인이 옷차림을 단정하게 하고 손님을 맞이했다.

"존함은 어떻게 되시며 무슨 일로 오셨는지요?"

"울산 수령의 생질입니다. 이번에 상을 당했는데, 발인이 모레입니다. 하룻밤 묵을 곳을 찾아보니 여기가 제일 낫더군요. 장례 행차가 하룻밤 묵어가게 해 주실 수 있는지요?"

주인은 오래전부터 권력이 있는 집안과 인연을 맺어 급할 때 도움을 받고 싶어 했는데, 좋은 기회를 만나 따로 돈을 쓰지 않아도 되니 어찌 거절할 수 있겠는가? 주인은 흔쾌하게 허락했다. 손님은 거듭 감사의 뜻을 표하고 다시 방문할 날짜를 약속하고는 떠나갔다.

약속한 날이 되자 주인은 하인을 시켜 큰 집 서너 채를 말끔히 치우고 단장하게 했다. 상여꾼이 쉴 곳과 양반들이 머무를 곳도 살펴보고 접대할 음식을 맛보며 하나도 빠짐없이 준비시켰다. 그러고는 자식들과 함께 옷을 갖춰 입고서 장례 행차를 기다렸다.

날이 막 어두워질 무렵에 장례 행차가 당도했다. 방상시가 맨 앞에서 길을 인도했는데, 상여를 따르는 행차의 절반 가까이가 인근 고을의 수령들이라 했다. 상여 뒤를 따라가는 사람들은 사립에 푸른색 철릭을 입고, 흰말을 타고 좌우로 늘어섰으며, 상여를 둘러싼 인부와 안장을 얹은 말이 강을 따라 이십 리 길을 가득 메웠다. 그리고 십여 척의 큰 배를 목도로 메고 와서 강을 건너왔다. 상여가 멈추자 곧바로 곡소리가 일어나 천지가 진동했다. 이윽고 박 교리란 자가 대여섯 명을 거느리고 말을 몰고 와서 주인에게 정중히 인사했다.

"후한 보살핌 덕분에 편안히 쉬게 되었습니다. 이 은혜를 어떻게 다 갚으리까?"

"크게 한 것도 없는데 무얼 은혜라 하겠습니까?"

두 사람이 말을 미처 다 주고받기도 전에 집 안에서 주인더러 들어오시라는 급한 전갈이 왔다. 주인이 들어가 보니 아내가 발을 동동 구르고 있었다.

"큰일 났어요! 하인들이 하는 말을 들어 보니 상여라고 하는 것 안에 처음부터 관은 있지도 않고 온통 무기만 들었다고 하네요. 이를 어쩌면 좋아요?"

주인은 아차 싶었지만 이미 엎질러진 물이라 손을 쓸 수가 없었다. 주인이 아내를 위로하고 다시 사랑채로 나오자 박 교리가 물었다.

"주인장 안색을 보니 근심과 걱정이 그득하시구려. 골치 아픈 일이라도 생긴 것은 아니신지?"

- **호지집** 조선 시대 지주들이 저택 둘레에 둘러 지어 호위를 삼았던 노비의 집.
- **향반(鄕班)** 시골에 살면서 여러 대 동안 벼슬을 못하던 양반.
- **생질(甥姪)** 누이의 아들을 이르는 말.
- **교리(校理)** 조선 시대 홍문관, 교서관, 승문원 따위에 속해 글을 짓고 글씨 쓰는 일을 맡아보던 벼슬.
- **발인(發靷)** 장례를 지내러 가기 위해 상여가 집에서 떠나는 것.
- **방상시(方相氏)** 음력으로 한 해의 마지막 날에 묵은해의 악귀를 쫓아내는 의식을 거행하는 사람 가운데 하나. 장례에서 악귀를 쫓는 구실도 한다.
- **사립(絲笠)** 명주실로 싸개를 하여 만든 갓.
- **목도** 두 사람 이상이 짝이 되어 무거운 물건이나 돌덩이를 얽어맨 밧줄에 몽둥이를 꿰어 어깨에 메고 나르는 일.

"저희 집 아이가 갑자기 병이 났는데 다행히 조금 좋아졌다 합니다."

박 교리가 웃음을 머금고 말했다.

"주인장께선 도량이 좁으시군요. 우리가 가져가려는 것은 그야말로 가벼운 물건에 지나지 않습니다. 그래야 가져가기에 편하지요. 땅덩이, 집채, 가축, 곡식은 어디로도 가지 않고 여기에 그대로 남아 있을 겁니다. 오늘 잃어버릴 물건이 적지 않겠지만, 그쯤이야 곧 다시 채울 수 있을 테니 걱정하실 필요가 있겠습니까? 게다가 재물은 천하 사람이 함께 나눠 쓰는 도구에 지나지 않으니 재물을 쌓아 두는 사람이 있으면 그것을 쓰는 사람이 있고, 재물을 지키는 사람이 있으면 그것을 가져가는 사람도 있는 것이지요. 주인장 같은 분이야말로 쌓아 두는 사람이요, 지키는 사람이라고 할 수 있겠지요. 그리고 저와 같은 사람은 쓰는 사람이요, 가져가는 사람이라고 할 수 있습니다. 줄어들었다가 자라나고, 기울었다가 채워지는 변화는 만물의 순환을 이루는 대자연의 이치이지요. 주인장의 삶도 이런 이치에 얽혀 있는 것에 불과한데, 어떻게 늘어나기만 하고 줄어들지 않으며 가득 차기만 하고 기울지 않기를 바랄 수 있겠습니까? 우리 일이 벌써 발각되었으니 괜히 법석을 떨어 사람을 다치게 하고 귀한 목숨을 해칠 필요는 없을 것 같소이다. 주인장께서는 아녀자들을 한방에 모이게 하는 것이 좋을 듯합니다."

주인은 이미 어찌할 도리가 없는 줄 알았기 때문에 잠자코 박 교리가 시키는 대로 아녀자들을 방에 모아 놓고 나왔다.

"지시한 대로 했소."

박 교리가 다시 주인에게 말했다.

"주인장께서 가장 소중하게 여기는 물건이 있을 테니 미리 말씀해 주시어 잃어버리지 않도록 하시구려."

주인은 칠백 냥을 주고 산 청나귀라고 대답했다.

잠시 뒤 수령과 비장, 상을 당한 사람과 상복을 입은 사람, 상제를 따라가는 사내종과 주인을 대신하여 우는 여종, 상여를 메는 인부와 마부 들이 하나같이 소매가 좁은 군복으로 갈아입고 무기를 들고서 바깥마당에 모였는데, 몇 천 명이 될지 알 수 없는 상황이었다. 박 교리가 무리에게 명령을 내렸다.

"너희들은 지금 당장 안채로 들어가 방에 있는 물건은 무엇이든 가지고 나오너라. 하지만 부녀자가 모여 있는 방은 억만금이 나가는 재물이 있더라도 절대 가져와서는 안 된다. 재물이 아무리 중하다고 하더라도 명분이 지극히 엄중하니라. 명령을 따르지 않는 놈에겐 반드시 벌을 내릴 것이다."

박 교리는 또 청나귀도 건드리지 말라고 주의를 단단히 주고서 주인에게 말했다.

"이 사람들을 데리고 가서 괜한 소란이 벌어지지 않게 하시는 게 좋을 듯하오."

주인은 도적의 무리를 인도해 안으로 들어가서 제일 먼저 안주인이 거처하는 큰방으로 안내했다. 그러자 도적들은 방마다 구석구석 뒤져 재물을 빠짐없이 바깥마당에 쌓았다. 그리고 사랑과 별당에 있는 재물도 남김없이 죄다 챙겼다. 도적들은 엄청나게 많은 재물을 말 삼백 마리에 싣고서는 일시에 나는 듯이 강을 건너 달아나 버렸다.

도적을 통솔하던 박 교리란 자는 떠나지 않고 그곳에 남아서 주인과 마주 앉았다. 그러고는 새옹지마의 예를 들며 지금의 재앙이 나중에는 복이 될 수 있다고 위로하고, 도주공이 재산을 모았다가 나눠 주었던 일에 비유했다. 그러고 나서 예를 갖추어 인사를 하고 떠났다.

"나 같은 손님은 한 번 보는 것만으로도 이미 커다란 불행이라 다시 만나기를 바라지 않으실 테니 이제 헤어지면 또 만날 기약이 없군요. 주인장께서는 사리를 잘 분별하여 순리에 맞게 지내시길 바랄 뿐이오. 그리고 부디 다시는 한양의 사대부 집안과 안면을 틀 생각일랑 하지 마시오. 이번에 이 박 교리라고 하는 자에게서 무슨 도움을 받으셨소?"

박 교리는 말에 오르더니 다시 주인을 돌아보며 말했다.

"재물을 잃어버린 사람은 대체로 뒤를 쫓는 짓을 하더군요. 그런데 그런 짓은 아무런 도움이 안 된다오. 주인장께서는 남들이 하듯이 우리 뒤를 쫓아와서 나중에 후회하는 일이 생기지 않길 바라오."

"예예, 잘 알겠습니다. 감히 그런 일은 하지 않겠습니다."

박 교리는 강을 건너 나는 듯이 말을 몰아 사라졌는데, 어디로 갔는

- **비장(裨將)** 사또 등을 따라다니며 일을 돕던 직급이 낮은 벼슬아치.
- **새옹지마(塞翁之馬)** '변방에 사는 노인의 말'이란 뜻으로, 세상일은 늘 변하기 때문에 재앙을 당하더라도 슬퍼할 필요가 없고 복을 누리더라도 기뻐할 필요가 없다는 말.
- **도주공(陶朱公)** 중국 춘추 시대 월나라의 재상 범여(范蠡)의 다른 이름. 오나라 왕을 죽이고 십구 년 동안 막대한 재물을 세 번 모았는데, 두 번은 가난한 친지들에게 나눠 주었다고 한다.

지 알 수 없었다.

조금 시간이 지나자, 수백 명의 하인이 죄다 모여들어 시끌벅적하게 위로의 말을 쏟아 내고 혀를 차며 분통을 터뜨렸다. 그러더니 과연 도적을 쫓아가 잡자는 말이 여기저기서 쏟아졌다. 급기야 하인들이 번갈아 가며 앞으로 나와 도적을 쫓아가자고 주장하는 것이었다.

"그놈들은 틀림없이 바다를 무대로 활동하는 무리일 겁니다. 그러니 육로를 따라 달아났을 리가 없습니다. 이곳에서 아무 해문까지의 거리는 몇 리이고, 아무 해구까지는 몇 리입니다. 게다가 아무 큰 마을이 아무 해구에 있고, 아무 큰 마을이 아무 갯가에 있지 않습니까. 그러니 그놈들이 수천 명이 된다 하더라도 우리가 당하고 돌아올 리가 있겠습니까?"

주인이 펄쩍 뛰며 말리자 우두머리 하인과 중요한 일을 맡아보던 하인 십여 명이 번갈아 가며 주장하는 것이었다.

"도적놈이 추격할 생각을 말라고 거듭 말한 것은 우리를 겁주려는 것이지요. 육백 명이나 되는 장정이 있는데 눈앞에서 재물 억만금을 잃었으니 어찌 분통이 터지지 않겠습니까? 우리가 아무런 손도 쓰지 못한 건 갑작스레 당했기 때문이지요. 그렇지만 도적놈들을 추격하는 것은 미리 준비된 일인데 겁낼 게 뭐가 있겠습니까? 게다가 포구가 그리 멀지 않고 갯마을도 상당히 크니, 지금 쫓아가면 잡지 못할 이유가 없습니다. 만에 하나 그놈들을 잡지 못하더라도 틀림없이 봉변은 당하지 않을 것입니다. 이 일은 저희에게 맡겨 주십시오."

여기저기서 도적을 추격하자는 말이 벌 떼처럼 쏟아져 주인도 더 이상 막을 수 없었다.

　그런데 그때 갑자기 집 뒤의 숲에서 장정 천여 명이 함성을 질러 대며 순식간에 튀어나왔다. 그러고는 나는 듯이 사랑채 앞의 뜰로 모여들더니, 거기 있던 사람들을 자빠뜨리고 발로 차며 상투를 잡아 패대기치고 뒤통수를 때렸다. 눈 깜짝할 사이에 건장한 종 육백여 명을 개 닭 패듯 두들겨 패고 생쥐나 병아리 다루듯 낚아챘다. 비바람이 휘몰아쳐 지나간 듯 벼락이 때린 듯, 그야말로 순식간에 온통 쑥밭을 만들어 놓았다. 그런 뒤 일제히 강을 건너갔는데, 이번에도 어디로 사라졌는지 알 수 없었다.

　주인이 종들을 휘 둘러보니 하나같이 땅바닥에 엎어져 있었다. 눈이 빠진 놈, 팔목이 부러진 놈, 코피가 터진 놈, 뒤통수가 깨진 놈, 옆구리를 접질린 놈, 이빨이 빠진 놈, 귀가 떨어져 나간 놈, 뺨이 퉁퉁 부어터진 놈, 쩔뚝거리는 놈, 뼈가 꺾인 놈, 살가죽이 터진 놈, 헐떡이며 숨을 쉬는 놈, 놀라 넋이 나간 놈, 엎어져서 일어나지 못하는 놈……. 다치지 않은 사람이 하나도 없었지만, 죽어 자빠진 사람 또한 없었다.

　이튿날 주인이 놀란 마음을 가라앉히고 잃어버린 물건이 무엇인가 챙겨 보니 남은 것이라고는 하나도 없었으며 마구간에 있던 청나귀마저 없어진 것이었다.

* **해문(海門)** 두 육지 사이에 끼어 있는 바다의 통로.
* **해구(海口)** 바다가 뭍의 후미진 곳으로 들어간 어귀.

그다음 날 새벽녘에 갑자기 나귀의 울음소리가 강 건너 나루에서 들려왔는데 제법 귀에 익은 소리였다. 주인은 깜짝 놀라 급히 하인을 보냈다. 그랬더니 잃어버린 청나귀가 은으로 장식된 안장을 얹고 푸른 실로 만든 굴레를 쓴 채 강가에 서 있었다. 안장 앞에 매달린 커다란 망태기 안에는 피가 낭자한 머리가 담겨 있었는데, 편지 한 장이 안장에 비스듬히 끼어 있었다.

겉봉에 "물건을 보시한 강벽리 사는 분께 월출도에서 안부 편지를 보내다."라고 쓰여 있었으며, 내용은 이러했다.

며칠 전에 두 차례 찾아가서 만난 것은 오랫동안 준비했던 일입니다. 상황이 매우 어수선하고 다급해 차분하게 대화도 하지 못했군요. 뜻하지 않은 재앙에 재물을 많이 잃으셨는데, 별고 없이 잘 지내고 계시는지요? 재물을 많이 잃었지만, 귀하의 넓은 도량을 생각해 보건대 이 일을 마음에 담아 두지는 않으시리라 여겨집니다. 다만 헤어질 때 제가 당부한 말을 마음에 담지 않아 결국 종들의 몸이 상했지요. 이는 귀하께서 자초한 일이니 누구를 원망하며 누구를 탓할 수 있겠습니까?
귀하로부터 챙겨 온 재물은 바다 가운데 있는 섬으로 옮겨 일 년 동안 먹을 양식으로 충당했으니 감사하고 감사하오이다.
청나귀는 그대로 돌려 드립니다. 안장에 달린 것은 명령을 어긴 자입니다. 살펴보시기 바랍니다. 그럼 이만.

모년 모월 모일 녹림객 배

주인은 편지를 읽고 나자 재물을 도둑맞아 답답하고 분했던 마음

142

이 눈 녹듯 사라졌다. 그래서 누가 위로를 하기라도 하면 이렇게 대답했다.

"남자다운 멋진 남자를 만난 일이었습니다. 이제 강산이 가로막아 다시 만날 길 없으니 늘 그리워만 한답니다."

그러고는 제법 쓸쓸한 표정을 짓는 것이었다.

● **보시(布施)** 자비심으로 남에게 재물 따위를 베푸는 일.
● **월출도(月出島)** 섬의 이름으로 추정하나 어느 섬을 말하는지 알 수 없다.
● **녹림객(綠林客)** 화적이나 도둑을 달리 이르는 말.
● **배(拜)** 편지글에서 절한다는 뜻으로 보내는 사람의 이름 아래에 쓰는 말.

탐관오리들아, 물렀거라!

우리나라에는 옛날부터 큰 도둑이 많았습니다. 대표적인 인물로 홍길동(洪吉童),
임꺽정(林巨正), 장길산(張吉山) 등을 들 수 있습니다. 홍길동은 연산군(1494~1506) 때
활약했는데, 허균이 그의 이름을 따서 《홍길동전》을 지을 정도로 유명했습니다.
백정 출신 임꺽정은 임거정(林巨正) 또는 임거질정(林巨叱正)이라고도 하는데,
명종(1545~1567) 때 큰 활약을 했습니다. 숙종(1674~1720) 때는 광대 출신 장길산이
황해도 일대에서 활동했고요. 이들은 도둑이었지만, 탐관오리들의 재물을 훔쳐다가
살기 어려운 백성들에게 나눠 준 의적(義賊)이었습니다.
'일지매(一枝梅)'는 본디 중국 의적이었는데 민간에까지 널리 퍼지면서
마치 우리나라 사람인 것처럼 알려졌습니다.

일지매

조선 후기의 시인 조수삼(趙秀三, 1762~1849)은 기이한 인
물들의 행적을 그린 《추재기이(秋齋紀異)》에서 "일지매는
도둑 중의 협객이다. 늘 탐관오리들의 부정한 재물을 훔
쳐, 부모를 봉양하지 못하거나 장례를 치를 수 없어 사
람의 도리를 다하지 못하는 어려운 이들에게 나눠
준다. 처마와 처마 사이를 날고 벽에 붙어 움직일
때의 날래기가 귀신과 같다. 도둑을 맞은 집에서는
누가 도둑질을 했는지 몰랐지만, 일지매는 매화 가지
를 하나 달아 놓아 자기가 다녀갔다는 것을 알렸다.
다른 사람이 의심받지 않도록 하기 위해
서였다."라고 밝혀 두었습니다.

홍길동
《연산군일기(燕山君日記)》에 따르면, 연산군 6년(1500)
음력 10월 22일에 영의정 한치형(韓致亨, 1434~1502)

과 좌의정 성준(成俊, 1436~1504), 그리고 우의정 이극균(李克均, 1437~1504)이 연산군에게
이렇게 보고합니다.

"강도 홍길동을 잡았다 하니 기쁨을 감출 수 없습니다. 백성을 위하여 이보다 큰 해독
을 제거한 일이 없으니 이번에 그 무리들을 다 잡도록 하소서."

삼정승이 입을 모아 임금에게 보고할 만큼 홍길동의 활약이 대단했던 것입니다.

임꺽정

명종 16년(1561) 음력 9월 21일의 실록 기사에 따르면, 임꺽정을 잡는 데
혈안이 된 관리들이 엉뚱한 사람을 잡아다가 자신이 임꺽정이라는
거짓 자백을 받아 냈다고 합니다. 임꺽정이라고 잡혀 온 윤희정은
사형되고, 거짓 자백을 받아 낸 의주 목사는 그 일 때문에 관직에서
물러날 정도로 임꺽정의 위세가 대단했습니다. 임꺽정은 벽초 홍명
희가 장편 소설 《임꺽정》을 쓴 뒤로 매우 유명해졌는데, 홍명희는
궁중 이야기를 다룬 역사 소설이 유행하던 시기에 임꺽정이란 천한
백성에 주목하여 민족의 정신을 일깨우고자 했습니다.

장길산

1697년 실록 기사를 보면, 숙종은 이런 명령을 내렸다고 합니다.

"장길산은 날래고 사납기가 견줄 데가 없다. 그 무리들이 번성한 지
벌써 10년이 지났으나, 아직 잡지 못하고 있다. 지난번 군사를 모아
체포하려고 포위했지만 끝내 잡지 못했으니, 얼마나 음흉한 놈인지
알 만하다. 여러 도에 은밀히 알려 장길산이 있을 만한 곳을 샅샅이
뒤지게 하고, 따로 군사를 모아 그 놈을 체포하여 뒷날의 근심을 없
앨 방법을 아뢰도록 하라."

소설가 황석영은 이런 내용을 담아 대하소설 《장길산》을 썼는데, 그
때문에 장길산이 사람들에게 널리 알려졌답니다.

무릇 인생이란 바람에 날리는 꽃이

저마다 처지가 달라지는 것과 같 지 요

사람의 귀천이 어찌 처음부터 정 해 졌 겠 습 니 까

3

편견에 사로잡힌 세상,
장벽을 넘으리

이야기 … 하나

아들을 위해 목숨을 바친
양사언의 어머니

양사언의 아버지는 음관으로 전라도 영광의 군수가 되었다. 어느 날 양 군수가 휴가를 얻어 한양에 갔다가 영광으로 돌아오는 길이었다. 도착하려면 하루 정도가 더 남았는데, 밥을 챙겨 먹지 못한 상태로 주막도 찾지 못하는 상황에 놓였다.

공방 아전은 양 군수가 깔고 앉을 자리를 가지고 가까운 마을로 들어섰다. 마침 농사철이서 마을 사람들이 하나같이 들로 나가 마을은 텅 빈 것처럼 보였다. 다행히 한 집에 열 살 남짓 되어 보이는 여자아이가 있어 공방 아전은 밥을 차려 줄 어른이 있는지 물었다.

"군수 나리의 행차가 저희 집에 오시면 제가 밥을 지어 올리겠습니다."

"어린 네가 어떻게 나리의 진지를 제대로 차릴 수 있겠느냐?"

"염려 마십시오."

결국 양 군수 일행이 말
을 끌고 그 집으로 들어
가자 여자아이가 큰 바가
지를 들고 나오더니 이렇
게 말하는 것이었다.

"군수 나리의 진지는 저희
집의 쌀로 올리겠사오니, 다른 분
들의 양식만 내주십시오."

여자아이는 얼핏 보기에도 사리가 밝고 재주가 있어 보였으며, 말소
리도 낭랑하여 아름다웠다. 콩을 갈고 나물을 썰어 음식을 준비하는
움직임이 상당히 기민했으며, 음식도 맛깔스럽고 정갈해 보였다. 이를
지켜본 사람들은 하나같이 아이의 기특함을 칭찬했다.

양 군수가 물었다.

"올해 몇 살인고?"

"열두 살이옵니다."

"아비는 무슨 일을 하는고?"

"제 아비는 이곳 사또를 따라다니는 장교이온데, 지금은 어미와 함
께 김매러 나갔습니다."

조금 있다가 여자아이가 아침밥을 올렸는데, 제법 먹을 만했다.

양 군수가 여자아이에게 부채를 주며 재미 삼아 말했다.

"내 이것을 납채로 주마."

여자아이는 그 말을 듣자마자 방으로 들어가더니 작고 붉은 보자기

를 들고나왔다.

"부채를 이 보자기에 놓아 주십시오."

"왜 보자기에다 받으려고 하느냐?"

"납채는 소홀히 할 수 없는 것이옵니다. 그러니 어떻게 손으로 받을 수 있겠습니까?"

그러자 일행들이 남다른 아이라고 칭찬했다.

몇 년 후 양 군수가 임기가 다 되어 고향으로 돌아가려고 준비할 무렵이었다. 어느 날, 아전이 들어와 고했다.

"아무 고을의 장교가 나리를 뵙고자 청합니다요."

양 군수는 그를 불러들여 물었다.

"자네는 뭐 하는 사람이며 무슨 일 때문에 왔는고?"

"나리! 언젠가 한양에서 영광으로 돌아오실 적에 저희 집에 들러 진지 드신 일을 기억하시는지요?"

- **양사언(楊士彦, 1517~1584)** 조선 시대의 문신이며 안평 대군(安平大君), 김구(金絿), 한호(韓濩)와 함께 조선 전기의 4대 서예가로 꼽힌다.
- **음관(蔭官)** 과거를 거치지 않고 조상의 공덕에 의해 받은 벼슬.
- **공방 아전(工房衙前)** 조선 시대에 각 지방 관아에 속한 육방(六房) 중 건축, 토목 등을 담당한 공방 일을 맡아본 구실아치.
- **장교(將校)** 조선 시대에 각 군영과 지방 관아의 군무에 종사하던 낮은 벼슬아치.
- **납채(納采)** 혼인할 때 신랑 집에서 신부 집으로 보내는 예물.

"내 어찌 그 일을 잊겠는가? 그 여자아이의 기특하고 남다른 행동이 지금도 눈에 선하네."

"그 여자아이가 바로 제 딸이옵니다. 올해 열여섯이 되어 시집을 보내려고 하는데, 딸아이가 군수께 부채를 납채로 받았다고 하는 겁니다. 그러고는 다른 데로 시집가지 않겠다고 우기고 있습니다. 제가 온갖 방법으로 달래도 보고 타일러도 보았지만, 꿈쩍도 않고 고집을 부립니다. 군수께서 자기를 아내로 맞이하지 않으면 처녀로 늙어 죽겠다고 합니다. 제힘으로는 도저히 딸아이의 뜻을 굽힐 수 없어 감히 이렇게 아뢰게 되었사옵니다."

"자네 딸의 가상한 마음을 내 어찌 저버릴 수 있겠는가? 좋은 날을 잡아서 오게. 내 마땅히 첩으로 맞아들이겠네."

양 군수는 약속한 날에 장교의 딸을 첩으로 맞아들였다. 그 뒤에 부인이 죽자 양 군수는 첩을 안방에 들여 지내게 하고 집안 살림을 도맡아서 보게 했다. 그리고 얼마 안 되어서 임기를 마치고 한양으로 돌아갔다. 첩은 집안일을 잘 돌보았기 때문에 양 군수의 일가친척과 하인들이 모두 좋아했다.

양 군수는 첩과의 사이에서 아들 하나를 두었는데, 그가 바로 양사언이다. 양사언은 생김새와 재주가 보통 사람보다 뛰어났으며 어머니를 극진히 모셨다. 양 군수가 죽자 일가친척이 성복하는 날에 모였다. 그때 양사언의 어머니가 일가친척에게 절하고 말했다.

"부탁드릴 일이 하나 있습니다. 제 부탁을 들어주실 수 있겠습니까?"

그러자 일가친척이 한꺼번에 말했다.

"말씀만 하십시오. 무슨 말씀인들 따르지 않겠습니까?"

"제게 피붙이가 하나 있사온데 우매하지는 않은 듯합니다. 그렇지만 천하게 태어났으니 어디에 쓰이겠습니까? 그동안 여러분께서 제 아들 놈을 아끼고 보살피며, 첩의 자식이라고 차별하지 않고 많은 은혜를 베풀어 주셨습니다. 그렇더라도 나중에 천한 제가 죽으면 큰아드님께 서는 서모가 죽었을 때 입는 상복을 입으실 것입니다. 그러면 제 아들 놈이 첩의 자식이라는 사실이 뚜렷이 드러나게 되니 무슨 수로 신분 을 감출 수 있겠습니까? 이런 걱정 때문에 저는 여러분이 나리의 상 복을 입는 날에 반드시 죽기로 작정했답니다. 그리하여 여러분께서 저 를 위한 상복을 입을 필요가 없게 하려고 합니다. 저의 미천한 신분이 드러나지 않을 테니, 제 아들놈도 신분 때문에 피해를 입지 않겠지요. 저를 불쌍히 여기신다면 제 아들을 잘 보살펴 주십시오."

"마땅히 그 뜻을 따를 것인데, 굳이 목숨을 끊을 생각까지 하십니까?"

"여러분 모두의 생각이 그러하겠지만, 그래도 제가 지금 죽는 것이 낫습니다."

양사언의 어머니는 품에서 은장도를 꺼내더니 양 군수의 관 앞에서 스스로 목을 찔러 죽었다. 그 자리에 있던 사람들이 모두 놀라고 진심 으로 슬퍼하며 말했다.

"이분이 목숨을 버리면서까지 부탁했으니, 산 사람의 입장에서 차

● 성복(成服) 초상이 나서 처음으로 상복을 입는 것을 말하는데, 보통 초상난 지 나흘 되는 날부터 입는다.
● 서모(庶母) 아버지의 첩.

마 도리에 벗어나는 일이라고 화를 낼 수 없다."

맏아들은 아우 양사언을 친형제와 다름없이 잘 대해 주었다.

양사언은 장성하여 이름을 널리 알렸는데, 그가 맡은 벼슬은 모두 사대부가 지내는 벼슬자리였다. 양사언이 첩의 자식일 것이라는 의심스러운 소문이 있었는데, 틀린 말이 아니다.

이야기 …
둘

다섯 자매의
합동 혼례

이광정이 경기도 양주의 목사가 되었을 때의 일이다. 양주 관아에 매 사냥꾼이 있었는데 사냥을 내보내면 저녁 무렵에야 돌아오곤 했다. 그런데 하루는 해가 다 지도록 들어오지 않더니 다음 날이 되어서야 다리를 절뚝거리며 돌아왔다. 이광정이 왜 하룻밤을 보냈으며 왜 다리를 저는지 까닭을 묻자, 매사냥꾼은 웃으며 이렇게 아뢨다.

"어제 매를 날렸는데 달아나 버렸습니다. 날이 저물어 아무 고을의 이 좌수 집 문 앞까지 쫓아가서야 겨우 어깨에 앉힐 수 있었지요. 발걸음을 옮겨 돌아오려는데, 갑자기 어둠 속에서 사람들이 몰려오는 소리가 들리더군요. 가만히 살펴보니 말만 한 처녀 다섯 명이었습니다. 우르르 오는 기세가 마치 저를 잡으러 오는 듯 힘찼습니다. 그때 너무 놀라 근처의 도랑을 건너뛰다가 발을 헛디뎌 다리를 다쳤습니다.

그러고는 울타리 밖 나무 사이에 숨어서 처녀들이 하는 말을 엿들었지요. 처녀들은 이런 이야기를 주고받더군요.

'오늘 밤에도 원님놀이를 하는 게 좋겠지?'

'그래, 그러자.'

다섯 처녀는 마당에 평상 하나를 내다 놓더니 큰 처녀가 앉아 원님

* 이광정(李光庭, 1552~1627) 조선 중기의 문신으로, 임진왜란 때. 선조를 호위하고 명나라 사신 심유경(沈惟敬)을 도와 일본과 협상했다.
* 목사(牧使) 조선 시대에 관찰사 밑에서 지방 행정 단위인 목(牧)을 다스린 관리.

이 되고, 나머지 네 처녀는 순서대로 좌수, 별감, 형방, 사령이 되었습니다. 각자의 역할이 정해지자 원님을 맡은 처녀가 호령했지요.

'이 좌수를 잡아들여라.'

그러자 사령을 맡은 다섯째 처녀가 앞으로 나와 '예이' 하며 길게 대답하더니 곧바로 둘째 처녀를 평상 앞에 꿇어앉히는 것이었습니다. 원님 처녀가 좌수의 죄를 심문하자, 형방을 맡은 넷째 처녀가 원님의 분부를 전했습니다.

'혼인이 얼마나 중요한 인간 세상의 덕목이더냐! 네 막내딸이 이미 혼기가 지났으니 그 언니들의 혼기가 지난 것은 말할 것도 없지 않느냐! 그런데 너는 어찌하여 인륜을 저버리려 하느냐?'

그러자 좌수 처녀가 이렇게 대답했습니다.

'지당하신 말씀이오나 집안 형편이 어려워 혼사의 예를 차릴 수 없어 일이 이렇게 되었습니다.'

원님 처녀가 다시 말했지요.

'혼인은 집안 형편에 따라 하면 되는 것이다. 정화수 한 사발 떠 놓고도 치를 수 있는 것이거늘, 어찌 이부자리와 베개 따위를 모두 갖출 때까지 기다리느냐? 네 말은 참으로 사리에 맞지 않구나.'

좌수 처녀가 또 아뢰었습니다.

'그리고 신랑감도 구하기가 어렵습니다.'

'어찌하여 사람이 없다는 말을 하느냐? 내가 들은 것을 말해 보마. 같은 마을에 사는 송 좌수, 김 별감, 오 별감, 최 별감, 정 좌수 집에 모두 신랑감이 있으니 벌써 다섯 사람이 되지 않느냐. 모두 좌수에 별

감을 지냈으니 너희 집안의 지체와 비슷한데, 어찌 그들과 혼인을 맺지 않는고?'

좌수 처녀가 말했습니다.

'삼가 명을 받들어 매파를 보내 의논하겠습니다.'

'네 죄는 벌을 받아야 마땅하지만, 사정을 감안하여 풀어 주노라. 속히 정한 대로 실행하지 않으면 앞으로는 죄를 면하기 어려울 게다.'

원님 처녀가 엄포를 놓았지요."

이광정은 매사냥꾼의 이야기를 듣고 배를 잡고 웃었다. 그러고는 곧 사람을 불러 물어보았다.

"아무 고을에 이 좌수라는 사람이 사는가?"

"예, 그렇습니다."

"집안 형편은 어떠하며 자녀는 몇이나 있는고?"

"매우 가난한데, 자녀가 몇 명인지 자세히 모르오나 딸자식이 많은 모양입니다."

이광정은 이 좌수를 데려오게 하여 따뜻하게 대접하고 이런저런 이야기를 나누었다.

"그대가 좌수로 있었다고 하기에 진작부터 고을 일을 의논하고자 했으나 그동안 틈을 내지 못했네. 그래, 자녀는 몇이나 두었는가?"

- **형방**(刑房) 조선 시대에 지방 관아에서 형전(刑典)에 관한 일을 맡아보던 구실아치.
- **사령**(使令) 조선 시대에 관아에서 심부름하던 사람.
- **매파**(媒婆) 혼인을 중매하는 할멈.

"운이 없는지 아들은 하나도 없고 딸만 다섯을 두었습니다."

"혼례는 몇이나 치렀는고?"

"모두 시집을 가지 못했습니다."

"아직 나이가 적은가 보군?"

"막내도 벌써 혼기를 넘겼답니다."

이광정은 원님 처녀가 했던 말을 그대로 했는데, 이 좌수의 대답은 좌수 처녀의 말과 똑같았다. 이 좌수가 계속해서 신랑감을 얻기 어렵다고 하자, 이광정은 원님 처녀의 입에서 나왔던 다섯 집안의 신랑감을 죽 늘어놓았다. 그러자 이 좌수가 대답했다.

"그 사람들은 틀림없이 제 집안이 가난하다고 꺼리며 혼사를 달가워하지 않을 겁니다."

이광정은 이 좌수를 내보내고 나서 신랑감을 둔 집안의 다섯 사람을 불러오게 했다. 다섯 사람이 오자 이광정은 그들과 담소를 나누었다. 그러다가 집안에 혼인해야 할 사람이 있는지 묻자 다섯 사람이 모두 이렇게 대답했다.

"혼기가 찬 아들이 있습니다."

"내가 자네들을 위해 중매를 해도 좋겠는가?"

"그렇게 해 주신다면 얼마나 다행이겠습니까?"

"아무 고을의 이 좌수에게 혼기가 찬 딸이 다섯 있으니, 자네들 다섯 집에서 각각 딸 하나씩을 데리고 가 혼인하는 것이 좋겠네."

다섯 사람이 머뭇거리며 곧바로 대답을 하지 못하자, 이광정이 엄한 목소리로 그들을 꾸짖었다.

"서로 지체가 비슷비슷한데 자네들이 달갑게 여기지 않는 것은 오로지 가난한 형편 때문이렷다. 가난한 집 처녀는 시집도 못 간단 말인가? 나이로 보나 지위로 보나 내가 자네들보다 위인데, 나를 어떻게 여기기에 이렇게 무안하게 할 수 있는가? 자네들의 처신이 매우 잘못되었네."

이광정은 곧바로 종이를 꺼내 다섯 사람 앞에 던졌다.

"잡담은 거두고 각기 아들들의 사주를 써내게."

다섯 사람은 이광정의 위엄에 눌려 명을 따랐다.

이광정은 직접 좋은 날을 택하여 다섯 사람에게 일러 주었다.

"저쪽은 집안이 매우 가난하니, 누구는 앞에 하고 누구는 뒤에 하며 다섯 차례나 혼례를 치를 수 있겠는가? 다섯 쌍의 부부가 일시에 혼례를 치르는 것은 매우 드문 일이겠지만, 내가 이 좌수 집에 가서 범절을 어느 정도 차리도록 할 터이니 자네들은 그대로 따라 주길 바라네."

이광정은 다섯 사람에게 술과 안주를 대접하고, 도포 한 벌씩을 지을 옷감을 주었다. 그러고는 그날로 이 좌수 집에 사람을 보내 혼인날을 알렸다.

"다섯 신부의 치장과 혼인 잔치에 필요한 것은 관아에서 도와줄 것이니, 신부 집에서는 염려하지 않아도 되네."

그러자 이 좌수는 덩실덩실 춤을 추며 감격해 마지않았다.

이광정은 약속된 날보다 이틀 앞서 혼인 잔치에 쓸 것을 모두 준비해 이 좌수가 사는 곳으로 갔다. 드디어 혼인날이 되어, 다섯 쌍의 신랑 신부가 나란히 서서 절을 올리자 그 그림자가 뜰에 은은하게 드리워졌다. 담을 쌓은 듯이 모여든 구경꾼들은 입에 침이 마르도록 칭찬

• **사주(四柱)** 사람이 태어난 연월일시를 말하는데, 이것으로 사람의 운이 좋고 나쁨을 점친다.

하며 함께 기뻐해 주었고, 궁색하던 이 좌수의 집에 화평한 기운이 가득 퍼졌다.

　이는 오늘날까지 선행이자 의로운 일로 전해진다. 이광정의 후손들이 높은 벼슬을 하고 번창한 것은 그 덕분이라고도 한다.

이야기 … 셋

신분을 초월한 혼사

성종 임금 때 한 재상이 있었는데, 평안 감사가 되어 식구들을 데리고 부임지로 가게 되었다. 평안 감사에게는 아들이 하나 있었는데, 열대여섯 살 정도였으나 장가를 가지 않았다. 감사의 아들은 태어날 때부터 인물이 빼어났고 학문을 좋아했는데, 아름다운 산천을 구경하기 위해 문밖으로 나선 적도 없고, 곱게 화장한 기생 때문에 가슴앓이를 해 본 적도 없었다.

　어느 날 따사로운 봄기운에 날씨도 청명하자, 감사의 아들은 주변 풍경을 구경하고 싶어졌다. 그래서 지인을 데리고 성 밖을 거닐었다. 강을 따라 걸으며 여기저기 구경하는데 우연히 빨래하는 처녀가 눈에 들어왔다. 나이는 열일고여덟 살쯤 되어 보이는데, 눈부실 정도로 아름다웠다. 감사의 아들은 처녀에게 마음을 빼앗겨 한나절 동안 넋을 잃

고 쳐다보았다. 처녀는 감사의
아들을 보고도 못 본 척했다.

감사의 아들은 처녀가 빨래
를 끝내길 기다렸다가 그 뒤를
따라갔다. 처녀는 집으로 들어
가더니 밖으로 다시 나오지 않
았다. 감사의 아들이 지인을 시
켜 문을 두드렸더니 한 사내가
쑥대처럼 헝클어진 머리를 하
고 나왔다.

"도령은 뉘시오?"

"사또의 자제라네."

그러자 사내가 황급히 땅에 엎
드려 절을 했다.

"사또의 자제께서 어인
일로 이곳에 행차하셨
습니까? 소인은 백정 김
아무개이온데, 누추한
곳에 왕림하시니 황송
하여 몸둘 바를 모
르겠습니다."

"조금 전 빨래를 가지고 안으로 들어간 처녀는 누구인가?"

"제 딸내미입니다. 이름은 영랑(英娘)이라고 합니다. 그 아이가 타고 나길 유별나 나이가 찼는데도 당최 시집갈 생각을 하지 않습니다요. 게다가 아주 천하게 태어났으면서도 바깥출입을 하려 하지 않아 걱정이었는데, 오늘은 빨래를 하겠다며 기를 쓰고 밖으로 나가더니 결국 도련님의 눈에 띄었군요. 제 딸이 무슨 잘못이라도 저질렀습니까?"

"자네 딸을 한 번 보고는 애끓는 마음을 누를 수 없어 첩으로 삼았으면 하네. 자네 생각은 어떠한가?"

"어떻게 그런 결정을 내리셨답니까! 그 아이가 워낙 고집이 세니 들어가서 생각을 들어 본 뒤에 말씀드리지요."

사내가 집 안으로 들어가자, 감사의 아들은 부녀가 나누는 말을 엿들었다.

"사또 자제께서 너를 첩으로 삼으신다니 어찌 영광이 아니겠느냐?"

"제가 비록 천하게 태어났지만 저의 마음만은 천하지 않아요. 음탕하게 행동하면 첩이 된다고 들었어요. 제가 그렇게 행동한 적도 없는데 무엇 때문에 첩이 되어야 하지요?"

곧이어 사내가 나와서 말했다.

"아무리 제 자식이라지만 성질이 못되서 어떻게 할 수가 없습니다. 도련님의 뜻을 따르지 못하는 죄는 만 번 죽어 마땅하오나 부디 노여

● 지인(知印) 조선 시대에 경기, 영동 지역에서 수령의 잔심부름을 하던 구실아치.

움을 푸시기 바랍니다."

감사의 아들은 화가 났지만 끝내 처녀에 대한 미련을 버릴 수가 없어 한참을 이리저리 생각하다가 말했다.

"우선 얼굴을 한번 보는 것이 어떻겠나?"

감사의 아들이 사내와 함께 안으로 들어가 처녀와 마주하자 설레는 마음을 어쩔 수 없었다.

"내 첩이 된다면 영광이 아니겠느냐?"

"무릇 인생이란 바람에 날리는 꽃이 저마다 처지가 달라지는 것과 같지요. 한 번 바람이 불면 바람에 나부껴 왕골로 만든 방석에 떨어지기도 하고, 똥 누는 뒷간에 떨어지기도 합니다. 그러나 뒷간처럼 더러운 자리에 있다가도 푹신한 방석으로 날아가기도 하고 그 반대로 되기도 하지요. 사람의 귀천이 어찌 처음부터 정해졌겠습니까? 그러나 부부란 인륜의 시작입니다. 그러니 재주와 덕목, 문벌과 지체를 모두 따져야겠지만 이를 다 지닐 수 없다면 재주와 덕목이 가장 중요하고 문벌이나 지체는 그다음이지요. 제 경우에도 재주와 덕목을 따지는 것이 옳고 문벌과 지체를 따지는 것은 옳지 않다고 생각합니다. 도련님께서는 깊이 생각해 보십시오."

"부모님께 알리지도 않고 장가를 드는데 어찌 예를 갖춘단 말이냐?"

"혼서 한 장이면 충분합니다."

감사의 아들은 혼서를 써 주고 그날 밤에 부모 몰래 혼례를 치렀다. 그런데 혼례를 마치고 나자 덜컥 걱정이 밀려왔다.

"이 일을 장차 어찌하면 좋은가!"

그러자 처녀가 대답했다.

"굳이 걱정하실 것도 없고, 이곳에 다시 오실 필요도 없습니다. 우선 댁으로 가서 기다리세요. 틀림없이 좋은 방도가 있을 것입니다."

다음 날 밤이었다. 밤이 깊어 사람의 발길도 뜸해졌는데, 감사의 어머니와 부인은 그때까지 잠자리에 들지 않고 있었다. 그런데 한 아리따운 여인이 집 안으로 들어와 인사를 하는 것이었다.

"저는 가까운 고을에 사는데, 친척 집에 왔다가 돌아가는 길에 관아를 구경하고 싶어 이렇게 감히 인사를 올립니다."

감사의 어머니와 부인은 여인의 모습과 행동거지를 보고서, 함께 있으면 좋겠다는 생각을 했다.

"객지에 왔으니 굳이 밖으로 나갈 필요가 없이 여기서 며칠 머무르는 것이 어떻겠소?"

여인은 사양하지 않고 조용히 자리에 앉았다. 이야기를 나눠 보니 아는 것이 많고 몸가짐에도 법도가 있었다.

다음 날, 감사와 아들이 안채로 들어왔으나 여인은 몸을 숨기지도 않고 자연스럽게 행동했다. 오히려 감사가 놀라서 물었다.

"이 여인은 누구요?"

"어떤 사람인지는 모릅니다. 우연히 우리 집에 왔는데, 제 마음에 들어 이곳에 머물게 했지요. 얼굴만 예쁜 것이 아니라 예의범절도 남

• **왕골** 한해살이풀로, 줄기가 질기고 강해 돗자리나 방석 따위를 만드는 데 쓰인다.
• **혼서(婚書)** 혼인할 때 신랑 집에서 예단과 함께 신부 집에 보내는 편지.

다르니 틀림없이 훌륭한 집안의 여인일 겁니다."

"그렇다면 내가 딸처럼 여겨도 괜찮겠소?"

이 말을 들은 감사의 아내는 매우 기뻤다. 그래서 예법에 맞춰 두 사람을 인사시켰다. 그 뒤로 감사의 아내는 음식과 옷 준비를 모두 여인에게 맡겼는데, 어느 것 하나 마음에 들지 않는 일이 없었다.

하루는 감사가 관아에서 집으로 돌아왔는데 무언가 깊이 생각하는 듯했다. 감사의 어머니가 물었다.

"뭘 그리 골똘히 생각하시는가?"

"오늘 관아에서 일어난 일이 매우 이상해서 그럽니다. 두 집안이 약혼을 한 지가 제법 오래되었는데, 색시 될 처녀가 혼사를 물리면서 청원서까지 냈지요. 그래서 처녀의 아비를 잡아다 가두었는데 오늘 처녀가 수탉을 가져다 놓고는 가 버리더군요. 어떻게 판결을 내려야 할지 참으로 곤란해서 속을 끓이고 있답니다."

그러자 곁에서 이야기를 듣던 여인이 몸가짐을 단정히 하고는 이렇게 말했다.

"신랑을 데리고 와서 아랫도리를 살펴보십시오. 그러면 저절로 어떻게 판결하셔야 할지 방도가 생길 것입니다."

감사가 여인의 말대로 했더니 신랑은 남자구실을 할 수 없는 사람이었다. 감사는 처녀의 아비를 풀어 주고 집으로 돌아와 여인에게 물었다.

"네가 어떻게 그걸 알았느냐?"

"닭에게는 생식기가 없다고 하더군요. 그 처녀는 남다른 사람입니다. 신랑감이 그런 줄 알면서도 감히 대놓고 말할 수 없어 대신 닭을 이용한 것이지요. 평양 서윤께 자식이 있다고 하던데 어째서 혼례를 치르도록 권하지 않으시나요?"

서윤은 이 이야기를 듣고서 집안을 따지지도 않고 혼사를 치렀다. 과연 그 처녀는 여인의 말처럼 뛰어난 인물이었다. 그러자 감사가 후회하며 여인에게 물었다.

"어찌해서 내 아들과 혼인하라고 하지 않았는가?"

"아드님의 배필이야, 설마 좋은 사람이 없겠어요?"

이 일이 있고 나서 얼마 뒤, 감사의 친구 송생이 도망간 노비를 찾기 위해 평안북도 강계로 가는 길에 관아에 들렀다. 감사는 친구를 융숭하게 대접했다. 송생은 며칠을 머무르다 떠나면서 감사에게 돌아가는 길에 다시 들르겠다고 약속했다.

송생이 강계에 도착해 보니 노비들의 살림이 다 넉넉하고 식구들도 제법 많았다. 그런데 송생을 본 노비들 중 교활하고 못된 놈들이 모여서 작당을 했다.

"이리로 도망 와서 신분을 감추고 살았는데, 우리가 노비였다는 사실이 드러나면 다시 힘들어질 것이네. 게다가 저 양반이 해마다 속전을 요구하면서 끝없이 손을 벌리면 계속 들어줄 수도 없지. 그러니 차라리 서둘러 입을 막아 버리는 것이 낫겠네."

● **서윤(庶尹)** 조선 시대에 한성부와 평양부에서 판윤과 좌우윤을 보좌하는 일을 맡아보던 벼슬.
● **속전(贖錢)** 죄를 면하기 위해 바치는 돈.

마침내 노비들은 송생을 어두운 방에 가둬 놓고 스스로 목숨을 끊으라고 협박했다. 그러나 송생은 큰소리를 쳤다.

"내가 감사와 친구 사이인지라 이곳에 올 때 그를 만났네. 돌아가는 길에 다시 들르겠다고 약속했지. 자네들이 나를 죽이면 틀림없이 뒤탈이 생길 게야."

그러자 노비들이 한곳에 모여 의논했다.

"그렇다면 지금 당장 죽일 수는 없겠군. 우선 속량전을 챙겨 곧장 집으로 간다는 편지를 감사에게 쓰게 하세. 그러면 감사와 친한지 어떤지 알아볼 수 있고, 또 뒤탈도 없앨 수 있을 것이네. 그렇게 한 뒤에 저놈을 없애도 되지."

노비들은 글을 아는 사람을 데려다 앉히고는 송생에게 자기들이 불러 주는 대로 편지를 쓰도록 협박했다.

이곳에서 아주 후한 대접을 받았네. 또 돈도 많이 챙겼다네. 이제 이들을 데리고 곧장 집으로 돌아가려네. 자네에게 따로 작별 인사는 못하겠으니 속히 회답해 주시게.

송생은 어찌할 도리가 없어 불러 주는 대로 받아썼다. 노비들은 발이 빠른 놈을 보내 편지를 감사에게 전했다. 감사는 편지를 받아 보고 처음에는 매우 기뻤는데, 뭔가 이상한 생각이 들어 여인에게 이 일을 알렸다.

"송생이 속량전을 두둑하게 챙겼다니 좋기는 한데, 돌아가는 길에 나에게 들르지 않고 곧장 간다는 게 마음에 걸리는구나."

"그 편지를 한번 볼 수 있는지요?"

감사는 송생의 편지를 여인에게 주었다. 여인이 편지를 읽어 보아도 달리 이상한 것이 없었다. 그러나 이리저리 궁리하며 다시 살펴보니 점점 의아한 생각이 들었다. 날짜 밑에 '송흠(宋欽) 올림'이라고 쓴 것을 보고 여인이 물었다.

"송생의 이름자가 흠(欽) 자인지요?"

"아니다."

"답장을 하셨습니까?"

"아직 보내지 않았다."

"답장이 가면 송생은 틀림없이 죽습니다."

"아니, 그게 무슨 말이냐?"

"옛날 중국 송나라 흠종 임금이 금나라에 잡힌 적이 있지요. 지금 송생께서도 노비들에게 잡혀 계시기 때문에, 편지에 대놓고 사정을 설명하실 수 없는 거지요. 대신 사람들이 잘 모르는 표현을 써서 구하러 와 주길 바라고 계신 것입니다."

감사는 꿈을 꾸다가 막 깨어난 듯 정신을 차리고는 급히 군사를 보내 일을 꾸민 사람들을 잡아 오게 했다. 그러고는 법에 따라 엄하게 처리했다. 덕분에 송생은 아무 탈 없이 돌아올 수 있었다. 감사는 여

• **속량전(贖良錢)** 노비의 신분을 풀어 주어 양민이 되게 할 때 받는 돈.

인의 지혜에 더욱 탄복했다.

　한편 감사의 아들은 여인과 한집에서 지내고 있었지만 혼인한 것을 드러낼 수도 없는 처지였다. 결국 남모를 근심 때문에 병이 났고 음식을 먹지 못해 초췌해졌다. 할머니가 밤낮으로 간호했으나 감사의 아들은 약을 물리치며 먹지 않았다.

　"이 병은 약으로 치료할 수 있는 게 아니에요. 죽을 수밖에 없어요."

　할머니는 너무도 걱정스러워 갖은 말로 손자를 타일렀다.

　"왜 이렇게 아픈지 너는 틀림없이 알 것 아니냐. 말만 해라. 내가 어떻게든지 해결해 주마."

　그러자 감사의 아들이 사연을 털어놓았다.

　"저 아름다운 여인이 바로 제 아내예요. 부모님께 여쭤 보지도 않고 장가를 들었으니 그 죄는 만 번 죽어도 할 말이 없지요. 그 일 때문에 병이 났어요."

　"집안은 어떠냐?"

　"아주 천해요."

　"상천이냐?"

　"아니에요."

　"관속이냐, 기생이냐, 무당이냐?"

　"다 아니에요."

● **상천**(常賤) 양반이 아닌 보통 백성 상민(常民)과 지체가 낮고 천한 천인(賤人)을 아울러 이르는 말.

● **관속**(官屬) 지방 관아의 아전과 하인을 통틀어 이르는 말.

"그렇다면 어떤 집안의 자식이냐?"

"백정의 딸이에요."

"정말 난처하구나. 그렇지만 됨됨이와 하는 짓을 보면 보통 사람과는 비교가 되지 않을 만큼 뛰어나 네 아비도 애지중지하지 않느냐. 틀림없이 집안이 형편없다고 문제 삼지는 않을 게다. 하물며 네 아비가 집안을 가지고 뭐라 해도, 내가 있는데 감히 뜻을 어기겠느냐? 아무 걱정하지 말고 빨리 나을 궁리나 해라."

감사의 어머니와 아내는 여인이 감사 아들의 아내임을 알고는 평소보다도 더 많이 아끼고 예뻐했다.

그러던 어느 날 감사가 안채에 들어오더니 근심스런 기색으로 여인에게 조용히 물었다.

"밀부를 잃어버렸으니, 이를 어찌하면 좋겠느냐?"

"들자오니 중군과 사이가 상당히 좋지 않으시다고 하던데 정말로 그런가요?"

"그렇단다. 그래서 나도 중군이 그랬을 거라고 의심하고 있지. 그렇지만 어떻게 그걸 찾아내겠느냐?"

"오늘 밤은 달빛이 참 좋네요. 그러니 벼슬아치들을 모두 초청해 잔치를 벌이세요. 평소 밀부를 차는 허리띠를 풀고 느긋하게 술을 마시고 계시면 틀림없이 객사에서 불이 날 거예요. 그러면 재빨리 그 허리띠를 중군에게 맡기세요. 그런 다음에 객사로 나오시면 불은 틀림없이 꺼질 거예요. 그 뒤에 천천히 허리띠를 달라고 하면 저절로 찾으실 수 있을 거예요."

감사는 매우 기뻐하며 여인의 말대로 했다. 그러고는 허리띠를 돌려받는 자리에서 말했다.

"맡길 때는 일이 너무 갑작스러워 살필 겨를이 없었지만, 신중하게 처신해야 할 일이니 받으면서까지 살펴보지 않을 수 없도다."

말을 마치고 허리띠를 살펴보니 밀부가 원래 자리에 있었다. 감사는 무척 기뻐하며 집으로 돌아와 식구들에게 말했다.

"저런 사람을 며느리로 얻는다면 더 이상 바랄 게 없겠네."

그러자 감사의 어머니가 기다렸다는 듯이 웃으며 답했다.

"이미 자네 며느리인데, 자넨 뭘 더 부러워하는가?"

감사가 깜짝 놀라며 무슨 말인지 묻자 감사의 어머니가 자초지종을 자세히 들려주었다. 감사는 매우 기뻐하며 말했다.

"이런 훌륭한 며느리에게 어떻게 신분을 따지겠습니까?"

감사는 좋은 날을 잡아 잔치를 벌이고 예를 갖춰 며느리를 맞이했다. 그러고는 사정을 자세하게 적은 상소문을 작성하여 임금께 올렸다. 곧 백정을 천한 신분에서 벗어나게 하고 벼슬을 내려 주라는 답이 내려왔다.

그 뒤에 벌어진 여인의 신묘한 꾀와 지혜는 이루 다 적을 수 없다.

• **밀부**(密符) 조선 시대에 병란이 일어났을 때 군대를 동원하는 표지로 쓰던 동글납작한 나무패.
• **중군**(中軍) 조선 시대에 대장이나 절도사, 통제사 등의 밑에서 군대를 다스리던 장수.

이야기 … 넷

자수성가한 송씨집 종 막둥이

송씨 집안은 대대로 벼슬을 해 왔는데, 오래도록 벼슬길이 끊겨 종갓 집뿐만 아니라 다른 일가들도 대부분 몰락한 상태였다. 집안에는 청상과부와 어린 아들만이 남아 보살핌을 받지 못한 채 어렵게 지내고 있었는데, 나이 어린 막둥이란 종이 집안일을 맡아 가장 역할을 도맡다시피 했다. 그러던 어느 날, 막둥이가 소리 소문도 없이 사라져 버렸다. 온 집안사람들이 안타깝게 여기며 아쉬워했지만 끝내 종적을 알 수 없었다. 그러고는 그럭저럭 삼사십 년이 지났다.

어린 아들 송생이 장성했지만 송씨 집의 가난은 갈수록 심해져 더 이상 버티기 어려운 지경이 되었다. 송생은 어쩔 수 없이 강원도 어느 고을에서 원님 노릇을 하는 친척에게 도움을 청하기로 하고 길을 떠났다.

송생이 강원도 고성군에 이르렀을 때는 이미 날이 저물어 어둑어둑 했고, 주막은 한참 떨어진 곳에 있었다. 사람이 사는 곳을 찾아 산마 루를 넘어가니 산 밑에 천여 채나 될 정도로 많은 집이 반듯하게 자리 를 잡고 있었다. 푸른 기와지붕이 물결치듯 굽이굽이 이어지고 경치가 빼어난 곳에는 정자가 서 있었다.

　송생이 마을로 내려가 알아보니 그 집과 정자는 모두 고을에서 가 장 권세 있는 최 승지의 재산이라 했다. 송생이 그 집으로 찾아가 뵙 기를 청하자 소년 하나가 정중히 맞이하여 방에 들어오게 했다. 그러 고는 송생이 채 자리를 잡고 앉기도 전에 하인이 최 승지의 말을 전 했다.

"무료하던 참이라 손님과 이야기를 나누었으면 한다고 하십니다."

송생이 하인을 따라 들어가자, 이마가 넓고 턱은 넉넉하며 두 눈은 부리부리하여 빛이 나는 듯한 노인이 있었다. 노인이 송생을 보고 예를 갖추는데, 행동거지가 매우 단정하고 품위가 있어 보였다. 두 사람은 촛불의 심지를 돋우며 밤늦도록 이야기를 나누었다. 삼경이나 되었을 즈음에 노인이 가까이 있던 사람들을 다 물리치고는 문을 단단히 닫는 것이었다. 그러더니 갓을 벗고 송생 앞에 무릎을 꿇고 엎드려 절을 하고는 울부짖으며 자신이 지은 죄에 벌을 내려 달라고 부탁하는 것이었다. 송생은 영문을 알 수 없어 떠듬떠듬 물었다.

"도대체 무슨 까닭으로 이런 해괴한 짓을 하십니까?"

---

* 승지(承旨) 왕명의 출납을 맡아보던 승정원의 벼슬로, 도승지를 비롯해 동부승지까지 모두 여섯 명이었다.

최 승지가 사정을 이야기했다.

"저는 서방님 댁 옛 종놈인 막둥이랍니다. 주인댁의 두터운 은혜를 입고서도 몰래 도망쳤으니 이것이 첫째 죄요, 마님께서 홀몸으로 가문을 지키며 저를 자식처럼 대하셨는데도 마음을 다해 모시지 않고 도망한 것이 둘째 죄요, 신분을 속이고 외람되게 벼슬을 한 것이 셋째 죄요, 이 한 몸 부귀영화를 누리면서도 소식을 전하지 않은 것이 넷째 죄, 서방님께서 이곳에 오셨는데도 감히 대등한 예로 맞은 것이 다섯째 죄입니다. 이 다섯 가지 죄를 짓고서 어떻게 사람 행세를 할 수 있겠습니까? 부디 저를 꾸짖고 매질해 그간 쌓인 죄를 조금이나마 씻게 해 주십시오."

송생은 오히려 미안한 마음이 들어 어찌할 줄 모르고 있었는데, 최 승지가 계속해서 말을 이었다.

"상전과 종의 관계는 아비와 자식, 임금과 신하의 관계와 조금도 다를 게 없습니다. 지금은 옛정을 주고받지도 못하고 차림새도 뒤섞여 버렸으니 차라리 죽는 것으로 안타까운 마음을 풀고 싶군요."

깜짝 놀란 송생이 말했다.

"영감의 말씀이 사실이라 하더라도 세월이 많이 흘러 이미 지나간 일이오. 물이 흘러가 버리고 구름이 흩어져 버린 꼴인데 굳이 들춰내서 서로 곤란하게 할 것이 뭐 있습니까? 그러니 편안한 마음으로 이야기나 나누었으면 합니다."

그제야 최 승지는 그동안 송씨 집안에 별일이 없었는지 안부를 물었다. 옛이야기를 나누다 보니 감회가 새로워져 두 사람 모두 탄식했다.

"영감께서는 손에 쥔 게 아무것도 없는 처지에서 어떻게 이렇게까지 집안을 일으켰습니까?"

"밤새 이야기를 해도 모자랄 사연이 있지요. 제가 집안일을 맡아 하면서 가만히 주인댁의 운세를 보니, 앞이 캄캄한 것처럼 꽉 막혀서 옛 명성을 회복할 기약이 없었지요. 한평생 춥고 배고프게 하루하루를 지낼 수밖에 없다는 것을 알고는 뒤도 돌아보지 않고 달아난 것입니다. 그래도 품은 뜻이 있어서 남의집살이를 하는 종으로 늙지는 않겠다고 다짐에 다짐을 했답니다. 그래서 우선은 내로라하는 집안인데도 후손이 끊긴 최씨 집안의 후손인 양 행세했답니다. 처음에는 한양에서 지내며 재산을 불렸는데 곧 수천 냥의 돈을 모았지요. 그 뒤에 영평으로 내려가 지내면서 문을 걸어 닫고 바깥출입을 삼가며 오로지 글공부에 전념했답니다. 몸가짐을 조심스럽게 했더니 마을에서는 사대부의 행실을 지녔다고 소문이 났습니다. 재물을 나눠 주어 가난한 사람들의 마음을 사고, 대접을 융숭하게 하여 부자들의 입에서 딴소리가 나오지 못하게도 했지요. 한양의 한량이나 왈짜패를 시켜 말과 종을 보기 좋게 꾸미고, 이름난 사람들처럼 행세하며 부단히 왕래하게 했지요. 그랬더니 고을 사람들이 저를 더욱 믿더군요. 그렇게 사오 년을 지내다가 다시 철원으로 이사를 했습니다. 그러고는 영평에서와

• **영평**(永平) 현재 경기도 포천군에 속한 지명.
• **한량**(閑良) 일정한 직업 없이 놀고먹던 말단 양반 계층.
• **왈짜패** 말이나 행동이 단정하지 못하고 수선스럽고 거친 사람들이 어울려 이룬 무리.

마찬가지로 몸가짐을 조심스럽게 하며 지냈더니, 철원 사람들이 저를 그곳을 대표하는 좋은 집안의 자손으로 대하더군요. 그제야 어느 무변의 딸을 맞아들였는데, 사람들에게는 두 번째 맞이한 아내라고 했답니다. 아들딸 낳고 살았지만 혹시라도 발각될까 마음이 놓이지 않았습니다. 다시 강원도 회양으로 이사를 했고, 얼마 안 되어 이 고을로 옮겨 온 것이지요. 회양 사람들은 철원 사람들에게 묻고, 고성 사람들은 회양 사람들에게 물어, 제가 훌륭한 집안의 자손이라는 소문이 순식간에 사실처럼 전해졌습니다. 게다가 과거에 운 좋게 합격하자 여러 벼슬을 두루 거쳐 동부승지에까지 이르렀답니다.

그러던 어느 날 갑자기 다스리기 어려운 것이 사람의 욕심이고 쉽게 기우는 것이 둥근 보름달이란 생각이 들더군요. 계속해서 벼슬에 연연하다가는 귀신이 노하고 사람이 시기하여 뒤끝이 좋지 않을 것 같았습니다. 그 후로 단단히 마음먹고 벼슬에서 물러나 더 이상 벼슬길에는 한 걸음도 내딛지 않았지요. 자연을 벗 삼아 전원을 노닐고 임금의 은혜를 노래하며 이렇게 편하게 지낸답니다.

저는 이미 일흔을 넘었고 다섯 아들과 두 딸도 번듯한 양반집과 혼인을 해 자손을 많이 낳았습니다. 해마다 곡식을 만 섬 정도 거둬들이며 매일 천 냥 정도의 돈을 쓰고 있지요. 제 분수를 생각하고 능력을 헤아려 본다면 어찌 이것으로 만족하지 못하겠습니까? 그런데 주인댁의 은혜를 갚지 못한 것만 생각하면 자나 깨나 마음에 걸렸습니다. 늘 찾아뵙고 싶었지만, 제 신분이 탄로 날까 겁이 나더군요. 조금이나마 돕고 싶어도 마땅한 방법이 없어 한탄하고 지냈답니다. 늘 마음이 아파 혼자 끙끙댔는데, 지금 하늘이 기회를 주시어 서방님께서 이곳까지 행차하셨으니 당장 죽어도 여한이 없습니다.

이곳에 머무르며 보잘것없는 정성이나마 바칠 수 있게 해 주십시오. 그러나 낯선 길손이 갑자기 후한 대접을 받으면 틀림없이 주변 사람들이 의심할 것입니다. 황공하지만 낮에는 친척인 것처럼 행세하여 제 가문을 빛내 주시고, 밤에는 주인과 종의 관계로 돌아가 명분을 분명하게 세웠으면 합니다. 제 뜻을 받아 줄 수 있으신지요?"

송생은 그러겠다고 답했다.

두 사람의 대화는 새벽녘에야 끝났다. 최 승지는 자식들이 문안을 드리러 오자 이렇게 말했다.

"지난밤에 기이한 일이 있었단다. 잠이 오지 않아 송생에게 집안 내력을 이야기해 보게 했더니 바로 육촌 형제의 아들이 아니더냐. 족보를 물어보니 더 의심할 게 없더구나. 내가 예전에 한양에 있을 적에 송생의 아버지와 함께 어울려 다니고 공부도 함께했으니 친형제나 다름없었단다. 그런데 불행히도 세상을 먼저 떠났고, 서로 간에 길도 멀어서 소식을 전혀 알지 못한 채 여태껏 하나 남은 자식이 어디에 사는지도 몰랐구나. 이제야 만났으니 감회가 정말로 남다르구나."

최 승지의 자식들은 매우 반가워하며 송생더러 형이니 아우니 불렀다. 서로 어울려 즐거이 하루하루를 보냈는데, 그럭저럭 한 달쯤 지나

• 동부승지(同副承旨) 여섯 명의 승지 가운데 맨 끝자리로 공조(工曹)에 관한 일을 맡아보았다.

송생이 집으로 돌아가려 하자 최 승지가 이렇게 말했다.

"만 냥을 드릴 테니 논밭과 집을 마련하고 가까운 일가와 나눠 쓰십시오."

갑자기 부자가 되어 돌아온 송생이 논밭을 사고 집을 구하자, 주변 사람들이 죄다 이상하게 생각했다. 송생에게는 하는 일 없이 어슬렁거리며 지내는 사촌 동생이 하나 있었는데, 별안간 부자가 된 내력을 집요하게 캐물었다. 아무개 원님이 도와준 덕분이라 대답해도 사촌 동생은 믿으려 하지 않았다. 계속해서 캐묻자 송생은 길가에서 우연히 은 단지를 얻었다고 둘러댔지만 그 역시 믿는 눈치가 아니었다.

어느 날 사촌 동생이 술을 사 놓고는 송생을 불러 함께 술을 마셨다. 술이 거나하게 취하자 사촌 동생이 갑자기 통곡을 하는 것이었다. 송생이 나무라자 사촌 동생이 말했다.

"일찍 부모를 여의고 다른 형제도 없이 형님만 따르며 살아왔는데 형님은 나를 지나가는 길손 보듯이 무심하게 여기니 어찌 슬프지 않겠소?"

"내가 무슨 박대를 했다고 그러느냐?"

"솔직하게 말해 주지 않으니 그게 박대하는 것 아닙니까? 왜 부자가 된 사연을 사실대로 밝히지 않는 거요?"

"네가 그 때문에 이토록 나를 원망하니 사실대로 이야기해 주마."

송생은 그동안 있었던 일을 모두 들려주었다. 그러자 사촌 동생이 버럭 화를 내며 떠들었다.

"형님은 그런 수치를 당하고도 주인을 버리고 달아난 종놈의 뇌물을

받았단 말
입니까? 주인과
종이 서로 아저씨,
형님이라 부르며 마땅
히 지켜야 할 도리를 어지
럽히다니! 세상에 이런 수치가 어
디 있단 말이오? 내 당장 달려가서 그
종놈의 못된 행실을 드러내어 형님이 당한 치욕을 씻
고 어지러운 기강을 바로 세워야겠소."

사촌 동생은 말을 마치자마자 신을 신고는 곧바로 동대문 밖으로
내달렸다. 송생은 매우 걱정스러워 급히 걸음이 빠른 사람을 사서 최
승지에게 편지를 보냈다. 편지에는 비밀을 밝히게 된 사정과 말실수한
것을 뉘우치며 자신을 책망하는 내용이 담겨 있었다.

심부름꾼이 남들보다 곱절로 내달아 최 승지의 집에 도착하니, 최
승지는 마을 사람들과 술을 마시며 장기를 두고 있었다. 최 승지는 편
지를 읽어 보고는 별달리 걱정하는 기색도 없이 껄껄 웃으며 말했다.

"젊었을 때 하찮은 기술을 조금 배워 둔 적이 있는데, 그게 도리어 후회스럽군요."

마을 사람들이 무슨 일이냐고 묻자 최 승지가 대답했다.

"지난번 송씨 사촌이 내려왔을 때 내가 침을 놓는 기술이 있다고 자랑하자 사촌이 반색하더니 미치광이 증세가 있는 동생 하나를 이리로 보내 치료를 받도록 하겠다고 했다오. 나는 우스갯소리로 한 것인데, 정말 그 동생을 보냈다는군요. 곧 이곳에 도착할 듯하니 여러분은 집으로 돌아가서 문을 닫고 나다니지 마시오. 그래야 미친 사람이 제멋대로 행패를 부리지 못할 것 아니오."

이 말을 들은 마을 사람들은 곧장 집으로 돌아갔는데, 최 승지 댁에 미치광이가 온다는 소문은 순식간에 온 마을에 나돌았다.

얼마 뒤에 정말 송생의 사촌 동생이 버럭버럭 소리를 지르며 나타났다.

"아무개는 우리 집 종이다! 아무개는 우리 집 종이다!"

그러나 최 승지는 아무렇지도 않은 듯 건장한 하인들을 시켜 미친 놈을 잡아 오라고만 했다. 그러고는 집 뒤 곳간에 가둬 놓고 침을 놓기 편하게 묶었다. 마을 사람들이 하나둘 모여들자 최 승지가 인상을 쓰며 말했다.

"이 사람이 이렇게까지 심하게 미친 줄은 몰랐네."

그러자 마을 사람들도 대꾸하였다.

"안타깝네…… 훌륭한 집안의 자손에게 저런 증세가 있다니……. 미치광이를 많이 보았지만 저렇게 심한 경우는 처음 보네."

밤이 깊어 마을 사람들이 모두 돌아가자 최 승지는 혼자 커다란 침 하나를 들고 송생의 사촌 동생이 갇혀 있는 곳으로 갔다. 사촌 동생은 입에서 나오는 대로 욕을 해 댔다. 최 승지가 전혀 듣지 못하는 척 하며 커다란 바늘로 사정없이 찔러 대자 사촌 동생은 아파서 살려 달라고 애걸복걸했다. 그러나 최 승지는 전혀 개의치 않고 푹푹 침을 쑤셔 댔다. 사촌 동생이 사정사정하니 최 승지는 그제야 정색을 하고 꾸짖었다.

"내가 본분을 지켜 과거를 밝혔으니 너도 이를 좋게 받아들여야 옳거늘 왜 갑자기 과거를 들춰내어 기어이 파멸시키려고 하느냐? 내가 아무것도 없는 상태에서 이 정도의 기반을 마련했는데 설마 아무런 생각 없이 너처럼 용렬하고 어리석은 놈한테 낭패를 볼 것 같으냐? 처음에는 검객을 써서 너를 없애 버리려 했다. 그렇지만 주인댁의 은혜를 생각해서 우선 목숨은 살려 준 것이다. 마음을 고쳐먹고 생각을 바꾸면 너를 부자로 만들어 줄 수 있지만, 지금처럼 못된 마음을 고치지 않는다면 나는 사람을 죽인 서투른 의원이 될 수밖에 없다. 네 운명은 네가 어떻게 판단하느냐에 달렸다."

사촌 동생은 최승지의 말을 듣고 심경의 변화가 일어나 이해득실을 따져 보더니 이렇게 대답했다.

"내가 뉘우치지 않는다면 개자식이우."

"그러면 내일 아침부터 나를 작은아버지라고 불러라. 사람들이 물으면 너는 반드시 이러이러하게 대답해야 하느니라."

"어찌 명하시는 대로 하지 않겠습니까? 아버지로 부르라 하시더라도 감사할 따름이지요."

최 승지가 밖으로 나와 자식들을 불러 놓고 말했다.

"송씨 집 조카의 병이 다행스럽게도 아주 심한 것은 아니더구나. 정성을 다해 침을 놓았더니 신이한 효험을 보았다. 기름진 음식을 준비하여 허한 기운을 돕게 해 주거라."

다음 날 아침, 최 승지가 자식들과 종들을 데리고 사촌 동생을 보러 들어갔다. 사촌 동생은 환한 얼굴로 절을 했다.

"작은아버지께서 치료해 주신 뒤부터 정신이 맑아지는 것이 병의 뿌리가 완전히 뽑힌 듯합니다. 며칠 편안히 조용한 방에 누워 몸을 추스르고 싶습니다."

최 승지는 눈물을 흘리며 말했다.

"하늘이 송씨 집안의 제사는 잇게 해 주시려는가 보구나. 내가 간밤에 차마 못할 짓을 했다. 너를 침으로 마구 찔렀으니 그야말로 골육상잔이라 할 만하다."

이어서 최 승지는 사촌 동생에게 새 옷을 갈아입히고 정성을 다해 돌봐 주었다.

얼마 있다가 마을 사람들이 몰려들었다. 최 승지가 오는 사람마다 인사를 시키니 사촌 동생은 코가 땅에 닿도록 절하고는 사죄했다.

"어제는 병세가 심해 무슨 짓을 했는지 모르겠습니다만, 여러 어른께 행패가 없었습니까?"

이 일이 있은 뒤로 사촌 동생은 행동거지가 매우 공손해졌는데, 최 승지 집에서 대여섯 달 머무르며 한가하게 지내다가 돌아갔다. 최 승지가 돈 꿰미 삼천 관을 보내 주자 사촌 동생은 감격하여 평생토록 과거의 일에 대해서 말하지 않았다고 한다.

• 골육상잔(骨肉相殘) 가까운 혈족끼리 서로 해치고 죽인다는 뜻이다.
• 관(貫) 엽전을 묶어 세던 단위로, 한 관은 엽전 열 냥을 말한다.

아비를 아비라 부르지 못하는 현실

양반이 세상의 중심이었던 신분제 사회 조선은 서얼(庶孼)을 엄격하게 차별했지요. 서얼은 본부인이 아닌 사람이 낳은 자식과 그 자손들을 말합니다. 나라에서 서얼의 벼슬길을 막은 것은 태종 15년(1415)부터인데, 점차 굳어져 《경국대전(經國大典)》에 법조문으로 수록되기까지 했습니다. 서얼 차별은 사회 문제로 이어져 선조 대에는 이이(李珥, 1536~1584)가 서얼을 차별하지 말자는 '서얼허통론'을 제기했고, 1600명의 서얼이 억울함을 호소하기도 했습니다. 인조와 영조는 서얼도 관직에 진출할 수 있도록 길을 일부 열어 주었으나, 차별의 병폐가 사라지지는 않았습니다.

편견과 냉대를 이기고 꿋꿋하게 살아간 서얼

서얼 가운데는 학문이 깊고 문학적으로 뛰어난 인물이 매우 많았답니다. 그들은 차별받으면서도 자신의 재능을 떨쳤는데요, 《패관잡기(稗官雜記)》를 지은 어숙권(魚叔權), 명필로 유명한 양사언, 조선 중기의 학자인 송익필(宋翼弼), 정조의 특명으로 규장각 검서관에 임명된 유득공(柳得恭), 이덕무(李德懋), 박제가(朴齊家) 등이 있었지요. 결국 적자냐 서자냐 하는 구분은 양반들이 기득권을 지키고자 만든 사회적 편견에 지나지 않았답니다.

권응인(權應仁) 조선 중기 최고의 학자인 퇴계 이황(李滉) 선생의 제자였습니다. 퇴계 선생이 돌아가시고 고인을 위해 짓는 글인 만사(挽詞)를 권응인이 짓자, 다른 제자들은 그가 서얼이라는 이유로 만사를 받아들이지 않았습니다. 그러자 권응인은 만사를 장대에 걸어 문밖에 꽂아 놓고 길에 나앉아 사흘 낮밤을 쉬지 않고 곡을 했답니다. 그런데 밤이 되면 장대 위에서 어김없이 상서로운 빛이 비추었고, 제자들은 이를 기이하게 여겨 만사를 쓰도록 허락했답니다.

18세기 후반의 대표적 실학자 박제가는 서얼로 태어나 신분 차별을 받았지만 선진적인 사상으로 청과의 교류를 이끌었다.

어무적(魚無迹) 시인으로 명성이 자자했는데, 어머니가 관비였다는 신분적 굴레 때문에 과거를 볼 수 없었습니다. 잘못된 사회 현실에 비판적이었던 그는 흉년에 상관없이 과일나무의 열매를 걷어 가는 관리의 횡포에 못 이겨 매화나무를 도끼로 찍는 사람을 보고 부(賦)를 지었습니다. 다음은 그 〈작매부(斫梅賦)〉의 일부입니다.

향기 나는 훌륭한 지도자가 없는 세상, 뱀과 호랑이 같은 잔인한 법만 휘두르는 시대.
무자비하게 씨암탉 빼앗아 가더니, 없는 물건까지 내놓으라며 닦달하네.
백성이 한 그릇 밥으로 배부르면, 관리는 군침을 흘리며 성을 내고
백성이 한 벌 솜옷으로 따뜻하면, 아전은 팔을 걷어붙이고 벗겨 가네.

칠서의 변

일곱 명의 서얼이라는 뜻의 '칠서'는 박응서(朴應犀), 서양갑(徐羊甲), 심우영(沈友英), 허홍인(許弘仁), 박치의(朴致毅), 이경준(李耕俊), 김경손(金慶孫)을 가리킵니다. 이들의 아버지는 모두 영의정이나 관찰사 등을 지낸 명문 양반 집안의 인물이었습니다. 이들은 서얼도 관직에 오를 수 있게 해 달라고 상소했으나 거절당했습니다. 이후에 이들은 경기도 여주의 북한강 가에 모여 신세를 한탄하며 시와 술로 세월을 보냈지요. 그러던 중 광해군 4년(1612), 조령(鳥嶺)에서 은을 사고파는 장사꾼을 죽이고 은을 약탈하다가 발각되었습니다. 그러고는 조작된 역모 사건에 연루되어 대부분 죽임을 당했는데, 이 사건을 '칠서의 변'이라고 합니다.

차라리 이 칼을 맞고 죽으면 죽었지

어찌 이렇게 어질지도 의롭지도 못한 짓을 하 겠 는 가

4

험난한 인생살이, 나의 길을 가리라

이야기 ··· 하나

엄명을 뛰어넘은 인정

영조 임금은 금주령을 엄하게 시행했다. 윤구연이 금주령을 어기자, 영조 임금은 몸소 숭례문에 행차하여 조정의 신하와 백성을 모아 놓고 윤구연의 목을 베어 본보기를 보였다. 그러자 조정이나 민간이나 할 것 없이 두려움에 휩싸여 감히 몰래 술을 빚는 사람이 없었다.

이런 시기에 한 무변이 선전관으로 궁궐에 들어가 숙직을 했는데, 영조 임금이 날카로운 칼 한 자루를 내려 주며 분부하는 것이었다.

"동촌의 양반집에서 몰래 술을 빚는 사람이 있다고 하는구나. 사흘 안에 그놈의 머리를 베어 가지고 와서 보고하지 않는다면 이 칼로 네놈의 목을 베리라."

무변은 엎드린 채로 임금의 명을 듣고 있었는데, 등에서 식은땀이 주르르 흘렀다.

궁에서 나온 무변은 이리저리 궁리해 봤지만 어디서부터 어떻게 조사를 해야 할지 막막했다. 그러다가 불현듯 예전에 한 번 만난 적이 있는 기생이 동촌에 살고 있다는 생각이 났다. 무변은 동촌에 가서 기생과 함께 하룻밤을 보내고 돈과 재물을 넉넉하게 주었다. 그러자 기생은 매우 좋아했다. 다음 날 밤, 무변이 일부러 고통스러운 신음소리를 내며 떼굴떼굴 구르고 고함을 지르자 기생이 깜짝 놀라며 이유를 물었다.

무변은 이렇게 답했다.

"내가 본래 적병을 앓고 있는데, 한번 발작하면 이렇게 심하단다."

"약이 없습니까?"

"술을 조금 마시면 곧바로 통증이 멈춘단다. 그 밖에는 소용이 없지. 그런데 나라에서 술 빚는 것을 엄하게 금지하고 있으니 어디서 술을 구하겠느냐?"

"제가 좀 알아보겠습니다."

그러더니 기생은 작은 병을 치마 속에 감추고 문을 나서는 것이었다. 무변은 몰래 일어나 칼을 몸에 숨기고 기생의 뒤를 쫓아갔다. 기생은 산기슭 아래의 초가집에 이르러 사립문을 열고 안으로 들어갔다. 그러더니 조금 있다가 술을 가지고 나왔다. 무변은 곧장 다가가 술병을 빼앗고 기생이 술을 사서 나온 집으로 들어갔는데, 한 젊은 서생이 책상에 앉아 책을 읽고 있었다. 무변은 안으로 들이닥쳐 칼을 뽑으며 말했다.

"금주령을 어겼기에 임금의 엄명을 받들어 그대의 머리를 베러 왔소!"

서생은 깜짝 놀라며 일어나더니 애걸했다.

"집에 늙은 어머님이 계셔서 굶주림과 추위를 면해 보려고 나라에서 금지하는 일을 저질렀소. 그 죄를 어찌 감히 벗어날 수 있겠소? 그러나 어머니 얼굴을 한 번만 보게 해 주신다면 죽어도 여한이 없겠소."

무변은 그 뜻이 가련해서 서생의 부탁을 들어주었다. 서생은 허둥지둥 안으로 들어갔는데 조금 있으니 안에서 곡소리가 들렸다. 그러더니 서생의 어머니가 젊은 아낙과 함께 문을 밀치고 나와 무변에게 절을 했다.

"이 아이는 아무것도 모르오. 내가 저지른 죄이니 내 머리를 베시오."

젊은 아낙도 곡을 하며 하소연했다.

"술동이의 술은 제가 빚은 것입니다. 제 머리를 베시옵소서."

세 사람이 한데 뒤엉켜 서로 죽여 달라고 다투는 것이었다. 무변은 그 광경을 지켜보다가 술병을 깨부수며 이렇게 말했다.

"차라리 이 칼을 맞고 죽으면 죽었지 어찌 이렇게 어질지도 의롭지도 못한 짓을 하겠는가!"

그러더니 문을 열고 나가 버렸다.

● **금주령(禁酒令)** 흉년이 들었을 때 나라에서 곡식으로 술을 빚어 마시지 못하도록 내린 명령.
● **윤구연(尹九淵, ?~1762)** 조선 후기의 무신으로, 쌀로 술을 빚어 마셨다는 혐의를 받아 숭례문 앞에서 참형을 당했다.
● **동촌(東村)** 예전에 서울 안에서 동쪽으로 있는 동네를 일컫는 말.
● **적병(積病)** 몸 안에 쌓인 기 때문에 덩어리가 생겨서 아픈 병.

사흘의 기한이 차자, 무변은 대궐에 들어가 임금께 아뢰었다.

"신이 동촌에 가서 곳곳을 은밀히 조사했으나 금주령을 어기는 집이 전혀 없었습니다. 그래서 이 칼을 돌려 드리고 명을 제대로 실천하지 못한 죄를 받고자 합니다."

임금은 무변의 보고를 듣고 더 이상 따지지 않았다. 그러나 무변은 그 뒤로 승진을 하거나 요직에 나가지 못했다.

십여 년이 지나고 나서야 무변은 비로소 백령첨사가 되었다. 이때에도 흉년이 들어 금주령이 엄하게 시행되고 있었다. 무변은 우연히

● **백령첨사(白翎僉使)** 백령은 지금의 황해도 강령(康翎)이고, 첨사는 조선 시대 각 진영에 딸린 무관 벼슬인 첨절제사(僉節制使)를 말한다.

황해도 감영에 이르러 관찰사 이익보와 대화를 나누게 되었는데 관찰사가 무변에게 물었다.

"조정에서 내린 금주령의 서슬이 퍼렇소. 그대의 도읍에는 금주령을 어기는 이들이 없습니까?"

"이익이 있는 곳에 어찌 어기는 사람이 없겠습니까? 십여 년 전 윤구연이 금주령을 어겨 임금께서 친히 목을 베었을 때의 일입니다. 그때 저는 우연히 선전관으로 궁궐에 들어가 숙직을 했지요. 거기서 임금의 명을 받고 금주령을 어긴 사람을 잡게 되었답니다. 동촌의 한 양반집에서 몰래 빚은 술을 찾아내고는 술병을 손에 들고 곧장 안으로 들어갔지요. 젊은 서생이 책을 읽고 있기에 칼을 뽑아 목을 베려고 했습니다. 그런데 그 서생이 어머니를 한 번만 보고 죽게 해 달라고 애걸복걸하더군요. 저는 가련한 마음에 허락했답니다. 그러자 조금 있다가 서생의 어머니와 아내가 함께 뛰쳐나와 세 사람이 부둥켜안고 통곡하며 서로 죽여 달라고 다투더군요. 그 광경을 차마 볼 수가 없어서 내가 죽는 게 낫겠다 생각하고 임금께 금주령을 어긴 사람이 없다고 아뢰었지요. 그런데 천만다행으로 목이 달아나는 일은 면했답니다."

무변의 말이 채 끝나지도 않았는데 관찰사의 얼굴이 갑자기 변하더니 옆 사람을 불러 귓속말을 나누는 것이었다. 조금 있다가 안채에서 무변 외의 사람은 다 물러가라는 전갈이 왔다. 무변도 다른 사람들을 따라 일어서려는데, 관찰사가 그에게 말했다.

"그대는 잠시 앉아 계시오."

잠시 뒤에 한 늙은 부인이 중년의 부인과 함께 무변 앞으로 와서 울먹이는 것이었다.

"우리 모자와 며느리가 죽지 않고 오늘까지 살 수 있었던 것은 모두 나리의 은혜 덕분입니다. 하늘같이 큰 은혜를 갚고자 했으나 갚을 길이 없었지요. 그래서 저는 며느리와 함께 밤낮으로 기도를 드렸답니다. 생전에 은인을 다시 한 번 만나게 해 달라고요. 그렇지만 어찌 오늘 이 자리에서 뵐 수 있으리라고 상상이나 했겠습니까?"

무변은 당황하여 아무 말도 하지 못하고 머리를 숙이고 있을 뿐이었다.

그 뒤로 관찰사는 무변을 한집안 식구처럼 대했다. 그리고 그 일을 높은 벼슬아치들에게 전하고 무변을 추천해 통제사에 임명했다.

---

* **이익보**(李益輔, 1708~1767) 조선 후기의 문신으로, 영조 때 도승지, 예조 판서, 이조 판서 등을 지냈다.
* **통제사**(統制使) 임진왜란 때 경상, 전라, 충청 세 도의 수군을 통솔하는 일을 맡아보던 무관으로, 삼도수군통제사(三道水軍統制使)를 이른다.

이야기…
둘

간교한
사기꾼

이홍(李泓)은 한양 사람이다. 풍채가 좋고 말재주가 남달라서 처음 만난 사람들은 그가 사기꾼이라는 것을 전혀 눈치채지 못했다. 이홍은 재물을 우습게 여기고, 화려한 옷과 맛난 음식을 좋아하며 번듯하게 살았지만, 사실 그의 집은 가난했다.

이홍은 지체 높은 집에 드나들며 물길을 바꿔 큰 이익을 보는 사업에 대해 이야기하여 수만 냥을 얻어 내고는 청천강 주변을 정리하는 공사를 벌였다. 그곳에서 이홍은 날마다 소를 잡고 술을 빚으며 인근의 이름난 기생들을 불러들였다. 이홍이 부르면 오지 않는 기생이 없었는데, 유독 안주 지방의 기생 하나가 부름에 응하지 않았다. 그녀는 재주와 미모가 평안도에서 으뜸이어서 평안 감사의 총애를 받고 있었다. 그 때문에 아무리 왕의 명을 받고 지방을 순찰하는 관리라 하더라도 기생의 얼굴을 보지 못했다. 이홍조차도 기생을 불러올 방법이 없었다.

이홍은 동료들과 내기를 했다. 안주에 가서 열흘이 지나기 전에 틀림없이 그 기생을 가까이하고 돌아오겠다는 것이었다. 이홍은 말에 짐을 싣고 비단 쾌자를 입고, 말구종도 없이 겨우 갓 쓴 사람 하나만을 데리고 안주 성안으로 들어갔다. 그러자 물건을 볼 줄 아는 사람들이 하나같이 이홍을 개성 지방의 큰 장사치로 생각하는 것이었다.

이홍은 기생 집을 찾아가 숙소를 정했다. 기생의 아비는 군대의 장교로 있다가 늙어서 주막을 낸 사람이었다. 이홍이 기생의 아비에게 이렇게 약속했다.

"내가 가지고 온 물건은 아주 귀한 것이라네. 그러니 주막에 다른 손님은 받지 말아 주게. 이번 행차는 사람을 만나기 위한 것이네. 그 사람이 늦게 올지 기한에 맞춰 제때 올지는 기약할 수 없다네. 머무르는 동안의 경비는 떠나는 날 다 계산하기로 하세. 그리고 내가 입이 짧으니 식사는 각별히 깔끔하게 신경을 써 주게. 경비가 얼마 들지는 괘념치 말고 밥값은 주인 마음대로 정하시게."

기생의 아비가 이홍을 보니 장사치가 분명하고, 싣고 온 짐도 묵직해 보이는 것이 은화라는 생각이 들었다.

"이 사람은 돈이 될 만한 손님이로구나."

기생의 아비는 방을 깨끗이 치워 이홍에게 내주었다. 이홍은 그 방에 들어가서 휘 둘러보더니 한참을 찌푸리고 있다가 자기 종을 불렀다.

"얼른 장판 종이를 사 오너라. 아무리 하루를 묵는다 하더라도 이런데 누울 수 있겠느냐?"

이홍은 도배를 끝낸 뒤에야 짐을 머리맡에 옮겨다 놓고 양털로 된 요와 비단 이불을 깔았다. 그러고는 짐 보따리 안에서 두툼한 장부 한 권, 주판, 조그만 벼루를 꺼냈다. 이홍은 문을 닫아걸고 종과 함께 계산을 하는 것 같았는데, 하루가 다 가도록 끝나지 않았다. 기생의 아비가 귀를 기울여 들어 보니 비단이며 향료며 약재 따위를 계산하는 것이었다. 기생의 아비는 자기 아내와 의논했다.

"저 손님이 대단한 장사치인가 보군. 아마 우리 아이를 보면 단번에 반해 넘어갈 것이야. 그러면 우리에게 돌아오는 이익도 적지 않겠지. 어디 감사님의 보살핌에 비기겠나!"

기생의 아비는 곧 평양 감영에 있는 딸을 불러와 이홍에게 인사를 올리게 했다.

"귀하신 어른께서 이처럼 누추한 곳에 오래 머무르신다 하여 젊은 주인이 감히 인사를 드립니다."

이홍이 당황하여 만류했다.

"이러지 말게. 여주인이 굳이 이럴 것이 있겠나?"

그러고서 이홍은 일이 많은 듯이 쉬지 않고 주판알을 굴리며, 젊은

● **청천강**(清川江) 평안북도 서남부를 흐르는 강.
● **안주**(安州) 평안남도 안주군에 있는 읍.
● **쾌자**(快子) 소매가 없고 등솔기가 허리까지 트인 전투복.
● **말구종** 말을 타고 갈 때 고삐를 잡고 앞에서 끌거나 뒤에서 따르는 하인.

기생은 쳐다보지도 않는 것이었다. 기생의 아비는 속으로 이렇게 생각했다.

'저 양반이 대단한 장사꾼이로구나. 안목이 보통이 아닌 데다가 귀중한 재물을 지니고 있어서 저런 것이겠지.'

기생의 아비가 저녁에 이홍에게 조용히 말을 꺼냈다.

"제 아이가 영 마음에 들지 않으신지요? 손님께서 너무 냉담하게 대하셔서 제 아이가 지금 부끄러워 어쩔 줄을 몰라 하고 있답니다."

이홍은 여러 번 사양하며 기생에 대한 생각이 없는 듯이 하다가 마지못해 응했다. 기생은 술상을 차린 뒤에 이홍과 노래하고 춤을 추며 한껏 놀고 나서 함께 밤을 보냈다. 그리고 틈틈이 시간을 내어 이홍과 시간을 보냈다.

하루는 이홍이 눈썹을 찌푸린 채 근심에 쌓인 기색을 하며 기생의 아비를 불러서 물었다.

"요사이 평양에 화적 떼가 없었는가?"

"없지요."

"의주에서 여기까지 오려면 며칠이나 걸리겠나?"

"어느 정도 걸립지요."

"그렇다면 당도할 때가 지났는데, 말이 병이라도 났나?"

"손님, 무슨 걱정이라도 있으신가요?"

"북경에서 오는 물건이 압록강을 건너 여기에 언제까지 도착하기로 이미 약조가 되어 있다네. 그런데 여태껏 아무런 소식이 없어 걱정하고 있네."

이홍은 종을 불러서도 말했다.

"서문 밖에 나가서 기다려 보아라."

종이 저녁때 돌아와 아무런 소식이 없다고 하면서 사정을 아뢰었다. 이홍은 그때부터 근심 속에 하루하루를 보내더니, 사흘이 지나자 주인을 불렀다.

"내가 이제껏 직접 나가 보지 못한 것은 귀중한 재물을 지니고 있기 때문이었네. 그런데 이제 자네와 나는 한집안 식구나 진배없지 않은가. 내 갑갑해서 생병이 날 지경이라 도저히 앉아서 마냥 기다릴 수 없구먼. 이 방의 물건을 자네에게 맡겨 두겠으니 잘 간수해 주게. 내 나가서 알아보고 오겠네."

이홍은 그동안 묵던 방문을 잠근 다음 횡하니 집을 나갔다. 그러고는 샛길로 빠져 청천강으로 돌아왔다. 처음 약속한 대로 기생에게 갔

다 오는 데 열흘이 걸렸다.

한편 기생의 집에서는 한참이 지나도 손님이 돌아오지 않자 수상하게 생각했다. 결국 이홍의 보따리를 뒤져 보니 그 속에는 거위 알만한 조약돌이 가득 들어 있을 뿐이었다.

이홍이 한 시골 아전을 속인 일도 있었다. 한 시골 아전이 군포를 바치려고 천여 꿰미의 돈을 챙겨 한양으로 올라왔다. 그런데 숙소를 정하지 못하고 있자, 이홍이 아전을 자기 집으로 데리고 가서 달콤한 말로 꾀었다.

"내게 좋은 수가 하나 있소. 내 말을 들으면 노자를 두둑히 벌 것이오."

아전은 이 말을 듣고서는 좋아하며 가지고 온 돈을 몽땅 이홍에게 맡겼다. 그러자 이홍이 아침저녁으로 얼마간 돈을 벌어다 주는 것이었다.

그렇게 십여 일이 지났다. 이홍이 문득 남산의 경치가 좋다고 떠벌리면서 술을 한 병 챙겨 들고는 아전과 함께 인적이 드문 곳으로 올라갔다. 이홍이 자기 혼자서 술 한 병을 비우더니 목을 놓아 울기 시작하자 아전이 타박했다.

"술 한 병도 이기지 못하는가?"

"한양이 이렇게도 아름다운데 내 이곳을 버려야 하니 눈물이 나지 않을 수 있겠나."

---

* **군포(軍布)** 조선 시대에 군인 신분에 있는 사람에게 복역을 면제해 주는 대가로 받는 삼베나 무명.

이어서 이홍은 줄을 한 가닥 꺼내더니 소나무 가지에 걸고 목을 매려 했다. 아전은 너무 놀라고 당황스러워 이홍을 부여잡고 사정을 물었다. 그러자 이홍이 대답했다.

"당신 때문에 그렇다네. 내가 설마 남의 돈을 한 푼이라도 손댈 사람이겠는가? 이 못난 놈이 공연히 사람을 잘못 믿어서 당신 돈을 몽땅 떼이고 말았네. 물어내고 싶어도 돈이 한 푼도 없고 그냥 모른 척하자니 당신이 가만두지 않고 들볶을 것이니 죽는 수밖에 없지 않나! 나를 말리지 마소."

이홍은 금방이라도 목을 걸고 아래로 뛰어내릴 기세였다. 아전은 너무 당황해서 발을 동동거리며 부탁했다.

"죽지 마시오! 내 이제 돈 이야기일랑 두 번 다시 꺼내지 않으리다."

"그렇지 않소. 지금이야 내가 죽는 걸 막으려고 그런 말을 하겠지만,

그건 어디까지나 말일 뿐 문서가 아니잖소. 그러니 어떻게 당신의 독촉을 감당한단 말이오. 지금 아예 죽는 게 낫소."

아전은 혼자 생각해 보았다.

'저 사람이 죽으나 사나 이 상황에서 어차피 돈을 돌려받기는 틀렸고, 더군다나 저 사람이 죽으면 뒷말이 날 텐데……'

결국 아전은 서둘러 돈을 받았다는 증서를 적어서 이홍에게 주고 죽지 말라고 간청했다. 그러자 이홍이 소동을 멈추고 말했다.

"이렇게까지 하는데 내가 꼭 죽을 필요가 있겠소?"

그날 저녁, 이홍은 아전을 쫓아내고는 대문 안으로 얼씬거리지도 못하게 했다. 그 후에 법관이 사람들을 통해 이 이야기를 듣고는 이홍을 잡아들여 곤장을 쳤다. 이홍은 거의 죽을 지경이 되었지만 그렇다고 아예 죽지는 않았다.

이홍의 집은 서대문 밖에 있었다. 어느 날 꽃무늬 비단옷을 입은 이홍이 부채고리에 달린 장식품을 굴리며 어슬렁거리서 남대문으로 들어섰다. 그때 남대문 앞에서 한 스님이 시주를 받고 있었다. 이홍이 스님을 불렀다.

"스님, 이곳에서 며칠이나 서 있었소?"

"사흘이나 서 있었네요."

"몇 푼이나 거두었소?"

"겨우 이백여 푼 정도랍니다."

"아이고! 늙어 죽겠네. 사흘 내내 나무아미타불을 외고 겨우 이백 푼을 거두었다니! 우리 집은 부자이고 아이들도 많소. 진작부터 부처님께 좋은 일 한 가지를 하고 싶었는데, 스님이 오늘 복을 만났군. 내가 무엇을 시주할까요?"

이홍은 한참 생각에 잠긴 척하다가 물었다.

"놋그릇이 있는데 쓸모 있겠소?"

"그것으로 불상을 만들면 더 이상 큰 공덕이 없지요."

"그러면 나를 따라오시오."

이홍은 앞장서서 남대문으로 들어가더니 등불이 비치는 집을 가리켰다.

"여기서 좀 쉬었다가 가십시다."

주모가 술을 데우고 맛깔스러운 안주를 내놓자 이홍은 연거푸 열 잔 정도를 비우고는 비단 주머니를 만지작거리다가 웃으며 말했다.

"오늘 나오면서 술값을 잊고 왔구먼. 스님, 돈을 좀 빌려 주시게. 집에 가서 갚겠소."

스님이 술값을 치르고 나서 다시 길을 가는데 이홍이 뒤를 돌아보며 소리쳤다.

"스님, 따라오고 계신가?"

"예예, 잘 따라가고 있습니다."

"놋그릇이 아주 오래된 물건이라 들고 가지 못하게 막는 사람이 있을지도 모르니 잘 가져가시게."

• 푼 엽전을 세던 단위로, 한 푼은 돈 한 닢을 이른다.
• 시주(施主) 자비심으로 조건 없이 절이나 승려에게 물건을 베풀어 주는 일.

"주시는 건 시주
하시는 분께 달렸고
가져가는 것은 제게
달렸으니 어찌 못할
수 있겠습니까?"

"그렇지."

이홍은 다시 술집으
로 들어가 스님의 돈으
로 술을 마셨다. 그렇게 서
너 차례 술집에 드나들자 스님의 돈은
바닥이 나고 말았다. 다시 길을 가다가 이홍이 스
님에게 말했다.

"스님! 매사엔 모름지기 눈치가 있어야 하오."

"저야말로 반평생을 그렇게 보냈는걸요. 남아 있는 거라곤 눈치밖
에 없습니다."

"그렇군요."

다시 몇 걸음을 걷다가 이홍은 뒤를 돌아보며 말했다.

"스님, 놋그릇이 제법 큰데 무슨 힘으로 가져가겠소?"

"크면 클수록 좋지요. 주시기만 한다면야 만 근이 나간들 뭐가 어렵
겠습니까?"

"그래요."

대광통교를 건너자 이홍은 막 동쪽 거리로 들어서더니 부채를 들어

길가 누각에 걸려 있는 인정 종을 가리켰다.

"스님, 놋그릇이 저기 있으니 잘 가지고 가시오."

스님은 이홍의 말을 듣고는 자기도 모르게 발딱 몸을 돌이켜 멍하니 남산을 바라보고 한참을 서 있다가 결국에는 냅다 달아났다. 이홍은 어슬렁어슬렁 철전교 쪽을 향하여 걸어갔다.

이홍의 생애는 대개 이러한데, 위의 이야기는 그 가운데 잘 알려진 일화들이다. 이홍은 사람을 잘 속인다고 이름이 났지만 결국에는 나라에서 내린 벌을 받아 먼 곳으로 귀양을 갔다.

● **대광통교**(大廣通橋) 지금의 남대문로를 통과하는 청계천에 놓여 있던 다리로, 한양에서 가장 큰 다리였다 한다.
● **인정 종**(人定鐘) 지금의 서울 종로2가에 있는 종각의 종으로, 한양 도성 내의 통행 금지와 해제를 알리기 위해 저녁과 새벽에 종을 쳤다.
● **철전교**(鐵廛橋) 서울 관철동에 있던 다리로, 철물교(鐵物橋)를 가리킨다.

이야기 … 셋

불굴의 의지를 지닌 길녀

길녀는 평안북도 영변 사람으로, 아버지는 그 지방의 향관이었다. 길녀는 첩이 낳은 딸이었는데, 부모가 모두 죽자 숙부에게 의지하며 지냈다. 길녀는 스무 살이 되어서도 시집가지 못하고 길쌈과 바느질을 하며 생계를 꾸려 나갔다.

한편 인천 땅에 신명희(申命熙)라는 사람이 있었는데, 젊었을 때 기이한 꿈을 꾸었다. 어떤 노인이 대여섯 살 남짓 된 여자아이 하나를 데리고 왔는데, 얼굴에 입이 열한 개나 있어 매우 놀랍고 이상했다. 그런데 그 노인이 신명희에게 이렇게 말하는 것이었다.

"이 아이가 훗날 그대의 짝이 되어 평생을 함께할 것이네."

신명희는 꿈에서 깨고는 매우 이상하게 여겼다.

그 뒤 신명희는 나이 마흔이 넘어 아내와 사별했다. 안살림을 챙겨 주는 사람이 없어지자, 신명희는 늘 울적하게 지내며 적당한 혼처를 알아보았지만 항상 뭔가가 맞지 않아 제대로 성사된 적이 없었다.

때마침 친구가 영변 고을의 수령으로 가자, 신명희는 그곳에 가서 함께 어울리며 지냈다. 그러던 어느 날, 신명희가 꿈을 꾸었는데 또 예전에 꿈에서 보았던 노인이 입이 열한 개 달린 여자아이를 데리고 왔다. 여자아이는 이미 처녀가 되어 있었는데, 노인이 신명희에게 이렇게 말했다.

"이 아이가 벌써 장성했으니 이제 그대에게 보내네."

꿈을 꾸고 나서 신명희는 더욱 이상하게 여겼다.

어느 날, 안채에서 아전에게 가는베를 사들이라고 하자, 아전이 이렇게 대답했다.

"이 지역에 관리를 지낸 사람의 딸이 있는데, 가는베를 매우 잘 짜는 것으로 유명합니다. 지금 짜고 있는 것을 완성할 때가 거의 다 되었다고 하니 우선 좀 기다리는 것이 좋겠습니다."

얼마 뒤에 아전이 베를 사들였는데, 과연 올이 매우 가늘고 고우면서도 촘촘해 세상에서 보기 힘든 것이었다. 그 베를 보는 사람마다 훌륭하다고 칭찬을 아끼지 않았다.

신명희는 베 짜는 여인이 첩이 낳은 딸이라는 것을 알고는 매파를 넣을 생각을 하게 되었다. 그리하여 여인의 집안과 가까운 사람을 사귀어 그에게 중매를 서게 했다. 여인의 숙부가 흔쾌히 중매를 받아들이자, 신명희는 곧바로 예의를 갖추어 여인의 집으로 갔다. 여인은 길쌈 솜씨만 있는 것이 아니라 용모도 매우 빼어나고 몸가짐도 반듯하여 한양 양반집의 예의범절을 지니고 있었다.

● **향관**(鄕官) 향청에 있는 좌수나 별감.

신명희는 여인이 자신의 기대 이상인 것을 알고 매우 좋아했는데, 그제야 열한 개의 입이 '길할 길(吉)' 자를 뜻한다는 것을 깨달았다. 여인과는 하늘이 맺어 준 연분이라고 감격한 신명희는 여인을 사랑하는 마음이 더욱 깊어졌다.

신명희는 두어 달을 영변에서 머물다가 고향으로 돌아가게 되었는데, 떠나면서 곧 길녀를 데리고 가겠다고 약속했다. 그러나 고향으로 돌아오고 나니, 이리저리 얽매인 일이 많아 삼 년이 지나도록 약속을 지키지 못했다. 게다가 두 곳은 아주 멀리 떨어져 있었기 때문에 소식조차 끊어졌다. 길녀의 집안사람들은 하나같이 신명희를 더 이상 믿을 수 없다며 길녀를 다른 사람에게 팔아넘기기로 남몰래 의논했다. 길녀는 행실을 더욱 조신하게 하여 집 안의 뜰이나 마당을 다니더라도 늘 주위를 살피곤 했다.

길녀가 사는 곳은 평안북도 운산과 겨우 산 하나를 사이에 두고 있었는데, 운산에 길녀의 숙부가 살고 있었다. 그때 운산의 고을 사또가 젊은 무관이었는데, 첩을 하나 두려고 매양 고을 사람들에게 알아보곤 했다. 그러자 숙부는 길녀를 운산 사또의 첩으로 보내려고 관아에 드나들며 치밀하게 일을 꾸몄고, 심지어 혼인날까지 잡아 놓았다. 또 사또에게 청해 비단 따위를 얻고는 길녀에게 전해 혼인날 입을 옷가지를 만들고자 했다.

어느 날, 숙부가 길녀를 찾아가 은근히 안부를 물으며 말했다.

"내가 며느리를 맞이하게 되었는데 날짜가 코앞에 닥쳤구나. 신부 옷을 지어야겠는데 집에 바느질 잘하는 사람이 없으니 네가 와서 도와주겠느냐?"

"신 서방이 감영에 와 있다고 하니, 그 사람의 말을 들어 보고 결정해야겠네요. 숙부님 댁이 가깝기는 하지만 다른 고을에 있다 보니 경솔하게 나다니지 못하겠네요."

"신 서방이 허락하면 일을 도와줄 수 있겠느냐?"

"그럼요."

숙부는 집으로 돌아와 신명희의 글씨를 흉내 내어 편지를 썼다. 가까운 친척 사이에 서로 돕고 지내야 하니 서둘러 가서 도와주라는 내용이었다.

그때 평안 감사는 조관빈이었는데, 신명희는 그와 인척이었기 때문에 평양에 와서 머물고 있었다. 숙부는 신명희가 오랫동안 돌아오지 않자 길녀를 버렸다고 여기고 계책을 꾸민 것이었다.

거짓 편지를 받은 길녀는 어쩔 수 없이 숙부 댁으로 갔다. 그러나 며칠 동안 마름질을 하고 바느질을 하면서도 한 번도 그 집안의 남자들과 이야기를 주고받지 않고 일에만 몰두했다.

어느 날, 숙부는 운산 사또에게 길녀를 보여 주고 자신의 말이 사실이라는 것을 증명하려 했다. 길녀는 고을 사또가 온다는 말은 들었지

• **열한 개의 입이 '길할 길' 자를 뜻한다는 것** '열한 개의 입'은 한자로 '十一口'인데, 이 글자를 합치면 길(吉) 자가 된다. 결국 열한 개의 입을 가진 여자는 여주인공의 이름 길녀(吉女)를 뜻한다.

• **조관빈(趙觀彬, 1691~1757)** 조선 후기의 문신으로, 호조 참판과 평안도 관찰사 등을 지냈다.

• **인척(姻戚)** 혼인으로 맺어진 친척.

• **마름질** 옷감이나 재목 따위를 치수에 맞게 재거나 자르는 일.

만 그런 흑막이 있는 줄 어찌 생각이나 했겠는가? 그날 저녁, 날이 저물어 불을 켜자 숙부의 큰아들이 길녀에게 말했다.

"누님은 늘 벽만 바라보고 등불 옆에 앉았으니 도대체 왜 그러시오? 며칠을 고생했으니 잠시 쉬며 나랑 이야기라도 나눕시다."

"피곤한 줄 모르겠으니 그냥 이야기하려무나. 나도 귀가 있으니 다 듣는단다."

숙부의 큰아들은 킬킬거리며 앞으로 다가와 길녀를 돌려 앉히려 했다. 그러자 길녀는 정색을 하며 버럭 화를 냈다.

"가까운 친인척 사이라 하더라도 남자와 여자는 서로 격식을 차려야 하는데 어찌 이렇게 함부로 나를 대한단 말이냐?"

이때 사또가 창틈으로 훔쳐보다가 우연히 길녀의 얼굴을 보고는 매우 만족해 했다. 길녀는 화를 삭이지 못하고 뒷문을 열고 툇마루에 나와 앉아 분통을 터뜨리고 있었다. 그런데 창밖에서 한 남자의 목소리가 들려왔다.

"그렇게 아름다운 여인은 내 처음 보네. 한양에서 내로라하는 미인이라도 그 정도는 안 되지."

길녀는 그제야 그가 고을 사또인 줄 알고 심장이 쿵쿵거리고 기가 막혀 정신을 잃었다가 한참 만에 일어났다. 날이 밝자마자 길녀는 모든 것을 내던지고 서둘러 집으로 돌아가려 했다. 숙부는 그제야 사실대로 이야기했다.

"신 서방이야 집도 가난하고 나이가 많으니 조만간 저승 사람이 될 것이야. 더구나 집은 한참 먼 데다 가서는 통 오지 않으니 너를 버린

게 분명하다. 너는 나이도 어리고 자태도 고우니 부잣집으로 시집가야 하지 않겠느냐? 우리 고을 사또는 젊고 이름난 무관이니 앞길이 탁 틔었단다. 어찌해서 아무 희망도 없는 사람을 기다리느라 신세를 망치려 하느냐?"

숙부가 길녀를 달래고 얼러 보았지만, 길녀는 그럴수록 화가 나서 더욱더 사납게 대들었다. 숙부는 마땅한 계책도 없는 데다가 사또에게 죄를 얻을까 두려워 아들들과 상의했다. 상의 끝에 우르르 몰려가서 앞에서 끌고 뒤에서 밀어 길녀를 골방에 가두었다. 빗장을 단단히 걸어 두고 겨우 음식이나 넣어 주며 혼인날을 기다렸다가 사또가 억지로 데려가게 하려고 한 것이다.

길녀는 방 안에서 울부짖을 뿐, 며칠 동안 음식을 입에 대지 않았다. 얼굴은 초췌할 대로 초췌해지고 기력이 없어져 더 이상 발버둥 칠 힘조차 없었다. 그러다 길녀는 방 안에 삼지 않은 삼실이 제법 있는 것을 발견하고 가슴에서 다리까지 칭칭 감아 닥쳐올 변고에 대비했다. 그러다가 길녀는 생

• **흑막**(黑幕) 겉으로 드러나지 않는 음흉한 내막.
• **삼실** 삼 껍질에서 뽑아낸 실로, 베를 짜는 데 쓴다. 삼실을 한 올 한 올 이어서 긴 삼실을 만드는 것을 일러 '삼 삼기'라고 한다.

각을 고쳐먹었다.

'도적 같은 놈들의 손에 부질없이 죽느니 차라리 저놈들을 죽이고 나도 함께 죽어서 이 원한을 갚는 게 낫겠다. 우선 억지로라도 요기를 해서 기운을 차리자.'

길녀는 방에 갇힐 때 식칼 하나를 챙겨 허리춤에 숨겨 두었는데, 아무도 그 사실을 몰랐다. 길녀는 계책이 서자 숙부에게 말했다.

"더 이상 버틸 수가 없네요. 하라는 대로 할 테니 그동안 주린 배를 채우게 먹을 것이나 많이 주세요."

숙부는 긴가민가하면서도 기분이 좋아졌다. 밥을 가득 담고 맛있는 반찬을 준비해서 구멍으로 넣어 주며 길녀의 마음을 돌리기 위해 온갖 방법을 다 동원했다.

그렇게 이틀을 지내자 길녀는 다시 기운을 차렸는데, 그날이 바로 혼사를 치르는 날이었다. 사또가 와서 기다리자, 숙부는 그제야 방문을 열고 길녀를 끌어내려 했다.

길녀는 방 안에 몸을 움츠리고 있다가 문이 열리자마자 뛰쳐나와 식칼을 휘둘렀다. 숙부의 큰아들이 외마디 비명을 지르고는 나가떨어졌다. 길녀가 한바탕 고함을 지르고 길길이 날뛰며, 남녀노소 가리지 않고 닥치는 대로 휘두르니 감히 어느 누가 막아서겠는가? 머리가 터지고 얼굴이 찢어져 피가 바닥에 낭자한데도 어느 누구 하나 앞으로 나와 막아서지 못했다.

사또는 그 광경을 보고 정신이 아득해지고 간담이 서늘해져 방 안에서 문고리만 부여잡고 안절부절못했다. 길녀가 사또가 숨은 방의 문

지방을 걷어차 발로 짓밟고, 손과 발을 동시에 날려 있는 힘껏 창을 때려 부수니 창문이 완전히 박살 났다. 길녀가 사또에게 소리쳤다.

"너는 나라의 두터운 은혜를 입어 이 고을을 맡았으니 힘을 다해 백성들을 보살피며 임금께 보답할 생각을 해야 하거늘, 백성들을 괴롭히고 흉악한 놈들과 어울려 아녀자에게 못된 짓을 하려 하는구나. 이는 개돼지 같은 짐승도 하지 않는 짓이요, 천지에 용납할 수 없는 일이다. 어차피 너의 손에 죽을 테니 네놈을 죽이고 함께 죽겠다."

날카로운 말은 칼날처럼 서슬이 퍼랬고 준엄한 기상은 서릿발처럼 매서웠다. 꾸짖는 소리가 사방에 퍼지니 구경꾼들이 몰려들어 집을 빙 두를 정도였는데, 하나같이 혀를 차며 길녀를 칭찬해 마지않았다. 개중에는 사또에게 삿대질을 하며 분통을 터뜨리는 사람도 있었고, 눈물을 흘리는 사람도 있었다.

숙부와 그 아들들은 숨어서 감히 얼씬도 못했고, 사또는 방 안에서 머리를 조아리고 거듭 절을 하며 애걸복걸했다.

"부인의 정절이 이처럼 굳은 줄 모르고 저 도적 같은 놈에게 속아 이 지경이 되었다오. 저놈을 벌주어 그대에게 사죄할 터이니 부디 용서해 주시오."

사또는 곧바로 아전을 불러 길녀의 숙부를 찾아내게 했다. 숙부가 잡혀 오자 사또는 버럭 화를 내며 볼기가 너덜너덜해질 정도로 곤장을 친 다음, 헐레벌떡 관아로 돌아갔다.

이웃 사람 하나가 길녀의 집에 벌어진 일을 알려 주자 곧바로 식구들이 와서 길녀를 데려갔다. 그러고는 앞뒤 사정을 급히 신명희에게 알렸다. 신명희와 함께 있어 이야기를 전해 들은 평안 감사는 매우 놀라며 화를 냈다. 때마침 영변 부사가 운산 사또의 부탁을 받고 여인이 식칼을 휘두르며 사람을 해쳤다는 내용을 감영에 보고하고 엄한 죄로 다스릴 것을 청했다.

평안 감사는 오히려 공문을 보내 사건의 진실을 숨기고 거짓으로 보고한 영변 부사의 죄를 엄하게 따지고, 즉시 장계를 올려 운산 사또를 파면시키는 한편, 평생 동안 벼슬을 할 수 없도록 했다. 또한 길녀의 숙부와 그 아들들을 잡아들여 엄하게 죄를 물은 뒤 육지에서 아주 멀리 떨어진 외딴섬으로 유배를 보냈다.

그 후에 평안 감사는 종들을 여럿 보내어 길녀를 감영으로 데려오게 했다. 그리고 길녀의 절의를 칭찬하고 격려하며 많은 재물을 준 뒤 그곳에 머무르게 했다. 신명희는 길녀와 함께 한양으로 가서 살다가 몇 년 뒤에 인천의 옛집으로 돌아갔다. 길녀는 부지런히 살림을 해서 마침내 부자가 되었고, 늙을 때까지 신명희와 사이좋게 살다가 세상을 떠났다.

* **장계(狀啓)** 왕의 명령을 받고 지방에 나가 있는 신하가 중요한 일을 왕에게 보고하던 문서.

이야기 … 넷

삼십 년 만의 상봉

한양의 한 벼슬아치가 죽음을 앞두고 세 아들에게 유언을 했다.

"나를 장사 지낼 땅은 반드시 아무 고을에 사는 이 생원이 정해 주는 대로 따르되, 절대로 어기지 말거라."

벼슬아치가 죽은 뒤 한두 달이 지나 이 생원이 조문하러 왔다. 큰아들이 아버지의 유언을 말하자, 이 생원이 답했다.

"내 어찌 자네 아버님께서 묻힐 자리를 고르지 않을 수 있겠는가?"

큰아들이 산으로 가서 묏자리를 청하니 이 생원은 곧바로 상여를 출발시키라고 했다. 세 아들은 그의 말을 따랐고, 생원도 함께 길을 나섰다. 그렇게 한참을 가다가 한 곳에 이르자, 이 생원은 상여를 세우더니 구덩이 팔 자리를 가리켰다. 일꾼들이 구덩이를 두어 자 정도 파자, 이 생원은 더 이상 파지 말라고 하며 관을 묻으라고 했다. 그러

자 세 아들이 물었다.

"양반집의 장례가 어찌 이리 초라할 수 있습니까?"

"장사의 예를 갖추었는지 아닌지는 내 알 바가 아니네. 이곳이 아니면 장사 지낼 만한 곳이 없고, 지금이 아니면 장사 지낼 시간이 없으니 어느 겨를에 일일이 법도를 다 따지겠는가?"

세 아들은 어쩔 수 없이 곧바로 관 위에 흙을 덮고 무덤을 만들었는데, 그저 동이를 엎어 놓은 것 같았다. 세 아들은 이 생원의 일 처리가 도무지 마음에 들지 않아 불만이 쌓였다. 그래서 서로 은밀하게 말을 주고받았다.

"오늘 일은 아버님의 유언도 있고 하니, 우선 이 생원의 말을 따르고 형편이 되면 다시 좋은 곳을 골라 격식에 따라 모시자."

장사를 마치고 집으로 돌아오면서 아들들이 이 생원에게 물었다.

"장사를 다 마쳤으니 어르신의 말씀을 한번 들어보고 싶습니다. 아까 그곳의 지세가 어떻습니까?"

"자네 아버님의 장지를 아무렇게나 골랐을 리가 있겠는가?"

"앞으로 저희들의 운세는 어떻습니까?"

"젊은 시절의 재앙은 피하지 못하니 첫째는 머지않아 죽을 듯하군."

이 생원은 조금 있다가 말을 덧붙였다.

- **생원** 소과(小科)인 생원과에 합격한 사람을 가리키는 말로, 나이 많은 선비를 대접하여 이를 때 성(姓) 뒤에 붙여 쓰기도 했다.
- **자** 길이의 단위로, 한 자는 약 삼십 센티미터에 해당한다.
- **장지**(葬地) 장사하여 시체를 묻는 땅.

"둘째 또한 마찬가지겠지만 막내는 운수가 좋겠네."

막내는 혼례를 치르기 전이라 아버지의 삼년상을 마치고는 의동에 사는 성 승지의 딸에게 장가를 갔다. 마침 처가에 있을 때 왜적이 쳐들어왔다는 소식을 들었다. 두 형은 막내에게 편지를 보내 얼른 돌아와 함께 전란을 피하자고 채근했다. 그러나 막내는 신혼인지라 부인과 헤어지기가 쉽지 않았다. 형들의 편지가 세 차례나 온 뒤에야 비로소 막내는 집으로 돌아갔다. 아내와 이별할 때 셋째는 모란꽃 가지를 하나 꺾어 아내의 비녀 위에 꽂아 주고 눈물을 쏟으며 헤어졌다.

세 형제는 함께 피란길에 올랐다가 왜적에게 사로잡혔다. 왜적은 큰아들, 둘째아들 순서로 목을 베었다. 그 광경을 지켜보던 집안의 종은 막내의 목이 베이기 전에 혼자 도망을 쳤다. 그러고는 막내의 부인을 찾아가 세 형제가 왜적의 칼날에 죽은 사정을 자세히 알렸다. 막내의 부인은 남편이 형들과 함께 죽은 것으로 알고 슬퍼했다.

그러나 사실은 달랐다. 왜적이 막내를 죽이려는 순간 왜적의 장수 하나가 막내의 준수한 외모를 보고는 목숨을 살려 주었다. 장수는 셋째를 양자로 삼고 늘 데리고 다니면서 잘 보살펴 주었다. 그러다가 나중에는 왜국으로까지 데리고 갔다.

그 뒤로 막내가 왜국에 머무른 지 십 년이 되었다. 왜국에는 십 년에 한 번씩 다른 나라에서 온 사람의 재주를 시험하여 합격하지 못하는 이를 죽이는 의식이 있었다. 셋째는 이 시험에 떨어졌으나 양부인 장수가 구해 줘서 죽음을 면할 수 있었다.

그렇게 또 십 년이 지났는데, 막내는 이번에도 합격하지 못했다. 막내가 죽임을 당하려는 순간, 왜국의 덕이 높은 고승이 나타나 그를 죽이지 말고 스님이 되게 하자고 설득했다. 결국 막내는 스님이 되었고 또 그렇게 십 년의 세월이 지나갔다.

병이 들어 죽게 된 고승이 막내에게 소원을 묻자 막내는 고향으로 돌아가는 것이라 했다. 고승은 여러 고을과 나루에 공문을 보내 막내를 막지 말고 잘 보호해서 조선으로 돌려보내라고 지시했다.

막내는 바다를 건너 한양으로 돌아가 옛집을 찾아갔다. 그러나 난리 통에 집이 완전히 무너져 버렸기 때문에 몸을 쉴 곳이 없었다. 의동에 있던 아내의 집을 찾아가 보니 그마저도 이미 주인이 바뀌어 수소문해서 물어볼 데가 없었다.

막내는 사방을 헤매고 돌아다니다가 서쪽으로 가서 아버지의 묘를 둘러보기로 했다. 아버지를 장사 지낸 골짜기로 들어가 멀리서 바라보니, 옛날에 대충 만든 무덤 자리는 더 이상 알아볼 수가 없었다. 그런데 그 자리 아래위에 무덤이 두 개 새로 만들어져 있는 것이 아닌가? 두 무덤은 봉분이 번듯하게 솟아 환하게 빛났으며 무덤 앞에는 각각 비석이 세워져 있고 재실도 우뚝하게 자리 잡고 있었다.

'아버님을 모신 산조차도 벌써 권세를 지닌 집에 빼앗겼구나!'

막내가 무덤지기에게 물어보니 평양 감사 집안의 산소라고 했다. 비석의 글을 읽어 보니 위에 있는 무덤은 이름이나 자녀에 대해 적어 놓

● 의동(義洞) 현재 서울시 종로구에 있는 통의동(通義洞)을 말한다.
● 재실(齋室) 무덤이나 사당 옆에 제사를 지내려고 지은 집.

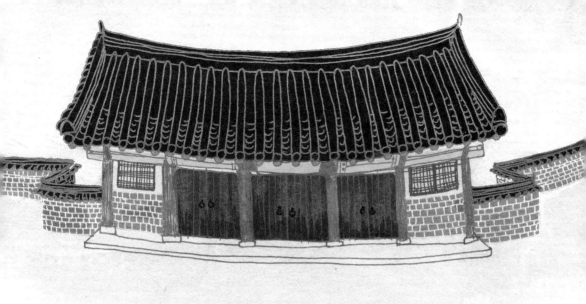

은 란에 '화를 입어 옷과 신발로 대신 장사 지냈으며, 평양 감사가 유복자이다.' 라고 적혀 있었다. 그런데 죽은 사람의 태어난 해와 배우자, 형제들의 차례가 바로 자신의 것과 똑같았다.

막내는 귀신에게 홀린 듯하여 자초지종을 알아보려고 곧장 평양 감영으로 향했다. 그러나 감사가 업무를 보는 곳은 바다처럼 아득히 깊은 곳에 있던 터라 들어갈 방법이 없었다. 게다가 그때까지 승복을 입고 있어서 영락없는 스님의 모습이었다. 막내는 스님의 위엄을 갖추고 사흘 동안 움직이지 않고 그대로 서 있었다. 감영에 드나들던 사람들은 막내의 모습을 보고 이상하다며 수군거렸다. 급기야 평양 감사가 이를 듣고서 막내를 불러 사연을 물었다. 막내가 사정이 이러이러하다고 답하자, 평양 감사가 비장에게 물었다.

"저 중의 말이 어떠한가?"

"매우 요사스러우니 굳이 저 중과 말씀을 나누시다가 공연한 소문에 휩싸일 필요는 없어 보입니다. 제게 맡겨 주시면 알아서 처리하겠습니다."

비장의 말은 중을 죽여서 입을 막겠다는 뜻이었다. 평양 감사가 승낙하자 비장이 중을 끌고 나갔다.

잠시 뒤에 감사의 어머니가 감사를 불러 물었다.

"조금 전에 들으니 괴이한 일이 있다던데 어떻게 처리하셨는가?"

"비장이 알아서 처리하겠다며 끌고 나갔습니다."

"그 중의 말이 반드시 거짓임을 어찌 확신하는가? 내가 발을 치고서 직접 물어보겠네."

감사가 속히 비장을 다시 불러들이자 비장은 중을 처치하려다 말고 곧바로 들여보냈다. 중은 다시 불려 와서도 여전히 앞서 감사에게 했던 대답을 했다. 그러자 감사의 어머니가 말했다.

"그대의 말이 대부분 맞기는 한데, 아주 분명한 증거를 들어 보시오."

● **유복자(遺腹子)** 태어나기 전에 아버지를 여읜 자식.
● **발** 가늘고 긴 대를 줄로 엮거나 줄 따위를 여러 개 나란히 늘어뜨려 만든 것으로, 주로 무엇을 가리는 데 쓴다.

"제가 처가에 있을 적에 두 형님께서 집으로 돌아오라고 재촉하는 편지를 세 차례 보내셨는데, 그 편지를 모두 아내에게 주었지요. 또 아내와 이별할 때 모란꽃 가지를 꺾어 비녀에 꽂아 주었답니다. 그 일이야말로 확실한 증거입니다."

"그 두 가지 일은 이미 유명한 이야기지요. 임금께서도 유복자가 높은 벼슬에 오른 것을 기뻐하시고 아울러 그 어미도 기특하게 여기셔서 '모란꽃 가지를 비녀에 꽂는다.'라는 제목으로 글을 지어 올리라고 신하들에게 분부하셨답니다. 그러니 그대가 어딘가에서 들었을 수도 있지요. 그것만으로는 믿을 수 없군요. 남들은 전혀 알 수 없는 사실을 말씀하셔야 당신의 말이 맞다는 것을 믿겠네요."

막내는 한참을 머뭇거리다가 답을 했다.

"내 아내의 아랫배 밑에 점이 일곱 개 있는데, 그것을 보고 북두칠성이라고 장난삼아 말하곤 했답니다."

그러자 감사의 어머니는 발을 걷고 뛰쳐나와 곧장 막내를 껴안고 데굴데굴 구르며 부르짖었다.

"아이고! 내 남편이로구나, 내 남편이야! 틀림없네, 틀림없어!

하늘이시여, 하늘이시여! 기이한 만남이로다, 기이한 만남이야!"

그 일로 온 감영이 떠들썩했다. 감사의 어머니는 막내의 승복을 벗기고 관복으로 갈아입혔다. 평양 감사의 죽은 아버지가 살아서 돌아왔다는 소식이 전해지자, 사방에서 축하하는 말이 쏟아졌다. 평양 감사는 돌아가신 아버지가 살아서 돌아온 자초지종을 임금께 아뢰었다. 그러고는 곧바로 묘지로 가서 아버지의 묘를 없애고 비석을 뽑아버렸다.

이 생원이 묏자리를 고른 것이 과연 신기할 따름이다.

명분은 좋아도 백성은 고생!

금주령은 법으로 술을 마시지 못하게 하는 것입니다. 주위 어른들에게 술을 마시면 절대 안 된다고 하면 어떤 일이 벌어질까요? 술을 좋아하든 좋아하지 않든 지나친 처사라고 반대할 겁니다. 그렇지만 조선 시대에는 금주령이 수시로 내려졌답니다.

술의 주원료는 쌀과 보리 같은 곡식이었는데, 조선 시대는 요즘처럼 먹을거리가 풍족하지 않았기 때문에 곡식을 아끼려고 금주령을 내렸지요. 홍수나 태풍 같은 재앙을 입거나 왕실에 초상이 나면 몸가짐이나 행동을 삼가라는 뜻에서 금주령을 내리기도 했답니다.

금주령을 내린 왕들

세종 대왕은 가뭄을 걱정하여 전국에 금주령을 내리고 약으로 마시는 술도 삼갔습니다. 그 모습을 본 신하가 걱정스러워 약술은 드시라고 청했으나 세종 대왕은 "백성들에게 술 마시는 것을 금하면서 나만 홀로 마시는 것이 옳겠는가?" 하며 거절했다고 합니다. 태종 때는 스물다섯 차례나 금주령이 내려졌으며, 조선 시대 왕 가운데 재위 기간이 가장 길었던 영조는 53년 동안이나 금주령을 강력하게 시행했습니다. 나라의 제사인 종묘 제례에도 술을 올리지 않을 정도였으며, 금주령을 어긴 사람은 목이 베이는 참형을 당했습니다.

금주령을 어기면 본인은 물론 주위 사람까지 벌을 주는 법을 만들어 한 집에서 금주령을 어기면 이웃의 세 집이 같이 벌을 받기도 했습니다. 또한 백성이 금주령을 어기면 그 고을의 감사가 파직되는 경우도 있었습니다. 이렇다 보니 관리들은 술을 찾아내려고 장 단지와 소금 그릇까지도 낱낱이 수색했는데, 그러느라 옷상자나 곡식 자루 따위가 훼손되기도 했습니다. 게다가 백성들은 관리에게 닭이나 돼지를 잡아 대접하느라 허리가 휘었습니다. 관리들 대접하랴, 이웃집에서 술을 빚지 않는지 감시하랴 백성들의 고충이 이만저만이 아니었지요.

금주령이 내려도 우리는 꿋꿋하게 마신다네

금주령을 내린다 해도 술을 완전히 없앨 수는 없었습니다. 단속하면 할수록 몰래 술을 빚는 사람들도 늘어났습니다. 단속하는 관리들조차 세력 있는 사람들을 적발하면 감히 어쩌지 못하고 가난한 백성들만 들볶고 구박했습니다. 그 때문에 고관대작들은 금주령이 시행된 틈을 타서 엄청난 이익을 꿰차기도 했답니다.

백성들은 이런 부조리한 현실을 고주대문(高柱大門)이란 말을 통해 풍자하고 조롱했습니다. 신분이 높고 세력이 있는 집은 대개 대문에 '고주(高柱)'라 불리는 높은 기둥을 세웠답니다. 그런 대문을 고주대문, 즉 솟을대문이라 했는데 술을 판다는 뜻의 '고주(沽酒)'와 바꿔 '고주대문(沽酒大門)'이라 했던 것입니다.

금주령은 그럴듯한 명분이나 의도에도 불구하고 많은 문제를 일으켰는데, 실질적인 피해는 일반 백성들이 고스란히 입을 수밖에 없었습니다. 그래서 왕권이 약화된 정조 임금 이후에는 술에 대한 통제도 많이 느슨해졌습니다.

타작하느라 바쁜 농민들 옆에 지주로 보이는 양반이 술독을 옆에 끼고 지켜보는 모습. 〈벼타작〉, 김홍도, 국립중앙박물관 소장.

고단한 현실에서 피어난 상상의 힘

◉ 신분에 갇힌 사회, 위로를 준 야담

조선 후기의 야담(野談)은 전통적인 문학 작품과 달리, 당시 사람들의 일상생활에서 벌어진 독특하고 재미있는 일들을 여러 사람이 입으로 전하다가 한자로 기록한 것입니다. 그래서 야담에는 삶의 진실과 더불어 당시 사람들의 소망과 염원이 담겨 있습니다.

조선 후기는 경제가 발전하고 기존의 가치관이 변하면서 삶의 모습이 다양하게 나타난 시기입니다. 그 때문에 오래된 가치관과 새로운 가치관이 서로 충돌하고 갈등했습니다. 오래된 가치관을 지키는 가장 중요한 도구는 '신분'이었습니다. 모든 것이 태어날 때의 신분에 따라 결정되었고 양반과 상민, 적자와 서자, 한양 사람과 지방 사람의 구분도 바로 신분에 따른 것이었습니다. 양반, 적자, 한양 사람은 사회적으로 강자였는데, 자기네들만의 성을 만들어 그 안에서 평안하게 살아갔습니다. 그런데 상민, 서자, 지방 사람도 어떻게든 그 성으로 들어가려 했기 때문에 갈등이 빚어졌습니다.

조선 후기에는 일반 백성들뿐만 아니라 양반들까지도 안온한 성에서 내몰려 궁핍하고 어려운 생활을 했습니다. 이 어려운 상황을 위로해 주고 고단한 삶을 달래준 것 가운데 하나가 야담이었지요. 야담의 내용은 대부분 어려운 환경을 극복하고 행복한 결말을 맞는 것입니다. 현실은 비록 어렵고 힘들지만 이야기를 통해서나마 희망의 끈을 놓지 않으려는 정서가 반영된 것입니다. 당시의 상황과 그 시대 사람들의 마음을 생각하면서 앞서 읽은 작품들이 지니는 의미를 찾아보겠습니다.

● 신분의 상승과 좌절, 그 애절한 사연

먼저 과거 시험과 벼슬에 관한 네 작품을 살펴봅시다. 〈무기력한 광주 선비의 횡재〉는 과거 급제도, 출세도 어려운 무능력한 양반의 삶을 잘 보여 줍니다. 주인공 광주 선비는 글도 제대로 못하고, 무예도 뛰어나지 않으며, 집안도 내세울 게 없고, 재산도 형편없는 인물입니다. 이는 무기력한 조선 후기 양반층의 일상화된 모습이지요. 어려움을 풀어 나갈 방법이 어디에도 없어 보이는 안타까운 상황에서 아내의 정성이 유일한 끈이 됩니다. 터무니없는 이야기로 보일 수 있지만, 정성이 지극하면 어려운 현실도 이겨 낼 수 있다는 소박한 바람, 희망의 끈을 놓지 않는 절실한 소망이 낭만적으로 해소된 것이라 할 수 있습니다.

〈공부 못해 쫓겨난 김생〉은 조선 후기의 과거 시험과 양반 집안의 분위기를 잘 보여 주는 이야기입니다. 주인공 김안국은 당시 최고 엘리트 집안의 자손이었지만, 글이란 말만 들어도 고통을 호소하며 학습에 거부 반응을 보입니다. 게다가 당시는 과거 보는 사람이 터무니없이 많아져 경쟁이 극심하던 때였습니다. 마치 명문 대학을 나오고 대기업을 다녀야 집안의 격이 유지된다고 생각하는 사람이 많아져 경쟁이 지나치게 심해진 오늘날 우리의 상황과 비슷하다고 할까요? 공부하는 사람의 처지는 고려하지 않고 철저하고 혹독하게 과거 시험을 준비시키는 권위적인 교육 태도는 조선 후기 양반 집안의 왜곡된 출세욕과 가문에 대한 인식을 보여 주는 예입니다.

〈어려울 때일수록 남을 돕는 법〉은 벼슬을 얻기 위해 고군분투하는 무변의 이야기입니다. 여러 차례 좌절을 맛보았고, 재산까지 모두 날린 무변은 벼슬을 얻지 못하면 고향에 돌아가지 않겠다는 절박함으로 한양을 향합니다. 그러다 우연히 알게 된 가련한 여인을 도와줍니다. 자신의 처지도 여유롭지 않은데 어려운 이웃에게 마음을 써 주지요. 벼슬을 하는 것은 백성을 위해 일을 하는 것이니, 무변은 누구보다 훌륭한 덕목을 갖추었다고 할 수 있습니다. 그러나 무변에겐 출세에 필요한 돈과 배경이 없었기 때문에 여전히 아무 전망도 없었습니다. 다행히 여인이 무변의 은혜에 보답하면서, 이야기는 보은담(報恩談)의 성격을 띠며 행복한 결말을 맺습니다. 훌륭한 덕을 갖춘 사람은 반드시 그에 맞는 자리에 있어야 한다거나, 어려운 상황에서 원칙을 지키며 남을 돕는 사람에게 어떤 형태로든 보답하고자 하는 당시 사람들의 마음이 반영된 것입니다. 아울러 이 작품은 출세를 위해 노력하는 사람들에게 현실의 벽이 아무리 높고 두텁더라도 당장 해야 할 일에 묵묵히 최선을 다해야 한다는 것을 주문하고 있습니다. 사심을 버리고 사람이 지녀야 할 덕목을 갖출 것도 요구하지요.

〈우직한 무변의 인생 유전〉의 주인공 무변은 넉넉한 품성을 지닌 장부였습니다. 하지만 현실을 모른 채 벼슬자리를 얻으려다 모든 것을 잃고 절망의 나락으로 떨어집니다. 이 작품은 무변의 행동이 변하는 모습에 주목하고 있습니다. 무변의 행동이 점점 난폭해지고 반인륜적으로 변한 것은 단순히 개인의 무능력과 성격 때문은 아닙니다. 본질적인 문제는 뇌물을 써야만 벼슬길에 오를 수 있는 부패한 사회 구조였지요. 무변이 스스로 목숨을 끊으려 하거나 난폭한 행동을 하는 모습은 요사이 뉴스에 자주 등장하는 '묻지 마 범죄'와 겹쳐지며 현대인의 상처를 함께 생각해 보게 합니다. 자신과 아무런 상관도 없는 사람들에게 반사회적인 폭력을 저지르는 행위는 마땅히 지탄받아야 하지만, 개인을 둘러싸고 있는 사회 현실에 대해서도 심각하게 생각해 보게 하지요.

자포자기해서 인생을 정리하려던 무변에게 불행한 삶을 살고 있는 역관의 첩이 나타납니다. 그리고 좌절과 절망의 나락에 떨어진 두 사람은 새로운 전환을 모색합니다. 절망의 끝에서 새롭게 희망의 문을 연 것이지요. 서로의 상처를 보듬으며 '연대의 손'을 굳건하게 잡고 새로운 삶의 길을 함께 걸어가는 무변과 첩의 모습은 사회적 약자들이 나아가야 할 길을 보여 줍니다. 이 작품에는 조선 후기의 다양한 모순, 부당한 현실, 탈출구가 없는 구조 등이 직접적으로 담겨 있습니다. 동시에 당대 사회의 염원인 진실 추구, 약자에 대한 보살핌, 선행의 실현, 이웃에 대한 관심 등도 온전히 드러내고 있습니다. 날이 갈수록 살기 힘들고, 경쟁이 심해지는 상황에서 좌절하거나 엎어질 수는 있어도 결코 희망을 놓아서는 안 된다는 것을 이 이야기를 통해 배울 수 있으리라 생각합니다.

● 견고한 현실의 벽을 향한 몸부림

〈세 선비의 서로 다른 삶〉은 절에서 함께 공부한 세 친구의 각기 다른 됨됨이와 이에 따라 달라진 인생에 대한 이야기입니다. 도적의 우두머리가 된 한 친구는 일반적인 관점에서 보면 반사회적인 인물로 경계의 대상이지만 매우 능력이 뛰어나고, 배포가 크며, 우정을 소중히 여기는 사람입니다. 선비인 친구는 작은 이익을 위해 약속을 저버리고도 창피한 줄 모르는 뻔뻔스러운 사람으로, 허울뿐인 멋과 이념을 내세우며 실생활에서는 제대로 처신하지 못하는 당시 선비들을 빗댄 인물입니다. 한편 마음 씀씀이가 밴댕이 소갈머리 같은데도 영의정이 되는 정양파는 매우 부정적으로 그려집니다.

이 작품은 현실 세계에서 출세하여 행세하는 사람들, 글공부를 하면서 지내는 선비들의 본질을 비판합니다. 또한 우정과 의리를 소중히 여기는 사람보다 눈앞의 이익을 좇고 세속적인 관계를 충실히 따르는 사람이 더 잘사는 세상을 꼬집습니다. 아울러 어떻게 사는 것이 사람의 도리를 온전히 다하는 것인지 도적의 우두머리를 통해 간접적으로 묻고 있지요.

〈어쩔 수 없이 도적이 된 선비〉는 도적이 된 유생의 이야기입니다. 당시의 유생은 글공부를 해서 과거에 급제하고, 관직에 나아가 벼슬살이를 하는 것이 유일한 앞길이었습니다. 지금의 학생들이 여러 가지 직업을 선택할 수 있는 것과는 상황이 달랐지요. 하지만 이 작품의 주인공 유생은 형편이 어려워 공부에 전념할 수 없는 데다 농사지을 땅도 없고, 장사 밑천도 없으며, 물건을 만드는 기술도 없었습니다. 그래서 그는 급기야 도적의 우두머리가 됩니다.

하지만 유생은 뛰어난 지략과 세상을 바라보는 올바른 관점을 가졌습니다. 세상의 풍파에 휩쓸려 생계를 위해 어쩔 수 없이 도적이 되었기 때문에 올바르지 않은 방법으로 재산을 모은 관리나 부자의 돈에만 손을 댔지요. 어느 정도 재산을 모은 유생은 과거에 급제하고 높은 벼슬에 이르러 자신의 과거를 솔직하게 고백하고 용서를 받습니다. 사회의 권위에 도전했지만 인륜을 저버리지 않고 명분과 합리성을 지녔기 때문에 대중의 공감을 얻을 수 있었지요.

〈박문수와 광대놀이〉는 조선 시대 암행어사로 유명한 박문수를 주인공으로 내세워 만든 이야기 가운데 하나입니다. 주인공 젊은 선비는 나라의 통제가 닿지 않는 깊은 산골에서 완력만 믿고 부인을 빼앗으려는 흉측한 사내에게 항거조차 할 수 없는 몰락한 양반입니다. 반면 흉측한 사내는 교육을 받거나 예법을 익힐 기회를 얻지 못했으며 불공평한 세상에 저항하고 반항한 인물입니다. 사내의 이런 힘이 옳은 방향으로 모였다면 새로운 사회 질서를 이루어 냈겠지만 흉측한 사내는 인륜을 저버린 무지막지한 행동으로 대중의 공감과 명분을 잃고 사회적 응징을 받게 됩니다. 암행어사의 권위를 바로 행사할 수 있는데도 다섯 명의 신장(神將)을 동원한 박문수의 갈등 해결이 이야기의 재미를 더해 줍니다.

〈이 세상의 호걸 남자〉도 부자와 도적의 우두머리 두 인물에 초점을 맞췄지만 궁극적으로는 도적의 우두머리를 영웅으로 그린 작품입니다. 부자는 재산이 많지만, 권세에 대한 욕심으로 재산을 빼앗기는 불행을 맞게 됩니다. 이에 비해 도적의 우두머리는 전략을 치밀하게 구사할 줄 알고 과단성과 실천력을 겸비했으며, 예법을 알고 신의를 지키며 삶의 이치를 꿰뚫어 보는, 매우 그릇이 큰 인물로 그려집니다. 그는 개인의 재산도 결국 사회적 생산물이라는 논리로 재화의 공공성을 짚으며 오히려 재산을 잃은 부자를 감동시키기까지 합니다.

남의 물건을 함부로 빼앗는 것은 매우 반사회적인 일인데, 왜 이렇게 도적의 우두머리를 긍정적으로 그렸을까요? 당연한 말이지만, 도적은 날 때부터 도적이 아니기 때문입니다. 살아가다가 그렇게 된 것일 뿐이지요. 조선 후기에는 몇몇 권력층이 온 나라의 토지를 소유하는 반면, 많은 농민이 토지를 잃고 유랑하면서 부당한 체제에 저항했는데, 이들이 바로 녹림당(綠林黨)이니 명화적(明火賊)이니 하는 도적들이었습니다. 임꺽정이나 장길산 등이 대표적인 우두머리들이었는데, 이 작품의 주인공 역시 그런 인물이라 할 수 있습니다.

● 신분의 차별을 넘어 새로운 삶으로

〈아들을 위해 목숨을 바친 양사언의 어머니〉는 첩과 서자의 안타까운 처지를 잘 드러낸 작품입니다. 조선은 철저한 신분 사회였으며 양반과 상민을 차별한 것은 말할 것도 없고, 어머니의 혈통에 따라 첩이 낳은 아들은 사대부의 권리를 누리지 못하게 하는 적서(嫡庶) 차별이 심했습니다. 서자 가운데는 재능이 뛰어난 사람들이 많아 신분 제도에 대한 불만이 많았으며, 그 굴레를 벗어나기 위한 처절한 몸짓이 끊이지 않았습니다. 양사언의 어머니는 자기 때문에 생긴 자식의 굴레를 끊기 위해 스스로 목숨을 버립니다. 그러지 않으면 아들이 평생 차별을 받으며 살 수밖에 없다고 판단한 것이지요. 결국 이 작품은 서자인 양사언이 훌륭한 인물로 성장하여 사회에서 떳떳하게 활동할 수 있게 된 과정을 담아내어 양사언 어머니의 자식 사랑, 신분 제도에 대한 문제의식과 저항 의식이 어느 정도였는지 짐작할 수 있게 합니다.

〈다섯 자매의 합동 혼례〉는 형편이 어려운 다섯 자매의 결혼 성공담입니다. 다섯 처녀는 넉넉하지 못한 형편 때문에 혼인 상대를 얻지 못합니다. 예나 지금이나 가난 때문에 결혼을 하지 못하는 사람들이 있었던 셈이지요. 당시 사람들은 이 다섯 처녀처럼 형편이 어려운 사람들에게 따뜻한 시선을 보냅니다. 현실의 답답함을 원님놀이를 통해서밖에 풀 수 없었던 다섯 처녀의 처지에 깊은 연민을 느끼고 혼사를 이루어 주지요. 다섯 쌍의 합동 혼례 방식도 매우 파격적이고 실리적입니다. 이처럼 세상을 낙관적으로 바라보며 형편이 어려운 사람들에게 따뜻한 시선을 보내는 것이 바로 고단한 세상을 살아가는 동력이라 할 수 있습니다.

〈신분을 초월한 혼사 성공담〉은 신분이 하늘과 땅처럼 차이 나는 백정의 딸과 평안 감사 아들의 사랑 이야기입니다. 조선 시대에는 신분이 다른 사람들은 삶의 공간이 전혀 달라서 서로 마주칠 일이 없었습니다. 만에 하나 서로 만나 사랑이 싹튼다 하더라도 결혼이 용납되지 않았지요. 신분이 높은 사람들은 자기들끼리 만나 결속을 다지고 자기들만의 문화와 삶을 누리며 살아가려 했기 때문에 대체로 정략결혼을 했습니다. 경제적, 사회적으로 지위가 높다는 것은 말 그대로 지위의 문제일 뿐, 사람을 평가하는 기준은 아닌데도 당시 사회는 색안경을 끼고 가난한 사람이나 지위가 낮은 사람을 폄하하고 무시했습니다. 이 작품은 백정의 딸을 '백정'이라는 신분으로 바라보지 않고 '사람'으로 바라보며 이런 사회적 제약을 뛰어넘으려 했습니다. 여주인공에게 무한한 능력을 부여해 신분의 차이를 극복하게 하지요. 인간이 인간으로서 대접받고 어울릴 수 있기를 바라는 사람들의 소망, 새로운 변화를 통해 행복을 추구하고자 하는 조선 후기의 염원이 낭만적으로 그려진 작품이라고 할 수 있습니다.

〈자수성가한 송씨 집 종 막동이〉는 조선 후기 신분의 변화를 매우 잘 보여 주는 작품입니다. 송생은 생활고를 해결하기 위해 벼슬살이 하는 친척이나 친구를 찾아가 도움을 받으려는 몰락한 양반의 후손입니다. 한편 최 승지는 미래가 불투명한 주인집을 박차고 나가 죽을 고생을 하며 재산을 모으고, 치열한 삶을 산 끝에 종의 신분을 벗고 양반이 되는 인물이지요. 반면에 전통적 가치관에 갇혀 분수를 모르고 날뛴 송생의 사촌 동생은 세상의 변화를 부정하고, 주인과 종의 신분 질서만을 앞세워 무너진 기강을 바로 세우겠다며 겁 없이 달려드는, 당시 양반들의 시각을 그대로 대변한 인물입니다. 작품은 최 승지가 혼자 살기 위해 주인을 버리고 도망간 일, 신분을 속이고 벼슬을 한 일, 예법에 어긋나게 옛 주인을 대한 일 등 양반 입장에서는 용납할 수 없는 일들을 문제 삼지 않으며, 현실과 싸워 승리한 도전적 인간형 최 승지의 손을 들어 줍니다. 이는 더 이상 명분은 의미가 없으며 실질적인 삶을 도모하고 실천하는 새로운 사회가 열렸음을 잘 보여 주지요. 현실에 안주하거나 체념하기보다는 현실에 맞서 주체적으로 삶을 개척한 인물이 인정받았다는 것도 보여 주고 있습니다.

● 고단한 현실, 그래도 살아가리라!

〈엄명을 뛰어넘은 인정〉은 품성이 아름다운 사람의 이야기입니다. 이 작품의 주인공은 금주령이 서슬 퍼렇게 시행되던 시기에 이를 어긴 사람을 잡아 오라는 명을 받습니다. 사흘 안에 죄인의 목을 베어 가지 않으면 자신의 목이 베일 수 있는 상황이었지요. 그런데 어렵게 잡은 죄인의 사정은 너무도 딱합니다. 아들, 며느리, 어머니가 부둥

켜안고 서로 자신이 죽겠다고 다투는 모습은 참으로 안타깝기 그지없지요. 주인공은 이 상황에서 어떻게 해야 할까요? 딱한 처지를 생각해 눈을 딱 감아야 할까요? 법을 지켜야 한다는 명분을 내세워야 할까요?

이 작품의 주인공은 "차라리 이 칼을 맞고 죽으면 죽었지 어찌 이렇게 어질지도 의롭지도 못한 짓을 하겠는가!"라고 외칩니다. 주인공의 이 말은 우리가 어떻게 세상을 살아가야 하는지 잘 보여 주지요. 사람들이 제 한 몸만을 생각하며 살아간다면, 세상은 너무나 쓸쓸하고 차가울 것입니다. 아무리 자신에게 손해라 하더라도 어질지도 못하고 의롭지도 못한 일은 해서는 안 된다는 이야기이지요. 하지만 이런 주장은 말로 하기긴 쉽지만 실천은 어렵습니다. 내 형편이 어렵고 곤란할수록 더욱 그러하지요. 하지만 개개인이 저마다 이렇게 넉넉한 사람이 된다면 세상은 지금보다 더욱 따뜻한 곳이 될 것입니다. 작품 끝에 주어지는 보상은 사람들이 주인공의 행동에 공감했기 때문에 이뤄진 것입니다. 어려울 때일수록 넉넉한 사회에 대한 염원이 강렬한데, 바로 그런 사회에 대한 소망이 나타난 것이지요.

그러나 세상에 바람직한 사람만 있는 것은 아닙니다. 〈간교한 사기꾼〉은 상업이 발달하고 이익을 추구하는 경향이 강해지는 과정에서 나타난 나쁜 인물을 그리고 있습니다. 사회가 복잡해질수록 사기와 협잡이 횡행하기 마련이니, 사기꾼이 등장하는 것은 당연하지요. 주인공 이홍도 이런 사기꾼의 전형이라 할 수 있습니다. 이홍은 주류 사회로 들어갈 수 없는 사회의 주변 인물인 동시에 남에게 기생하여 살아가는 존재입니다. 도시의 분위기에 취해 화려하고 맛난 음식을 좋아하며 번듯한 생활을 하는 것처럼 보이지만, 경제적 능력은 없습니다. 게다가 근면하고 진실한 품성을 지니지도 못했기 때문에 번번이 엉뚱한 곳에서 능력을 발휘하지요. 객기를 부려 콧대 높은 기생을 골탕 먹이기도 하고, 장난기가 발동해 애꿎은 스님의 주머니를 털어 술을 얻어먹기도 하고, 순진한 시골 사람을 등쳐 먹기도 하지요. 자신과 비슷한 처지의 사회적 약자들을 속여 작은 이익을 취하는 것을 보면 결국 이홍은 보잘것없는 사기꾼이라 할 수 있습니다. 이들과 연대해서 새로운 삶을 꾸려 갈 생각은 하지 못하는 인물이지요. 이 작품은 자신보다 처지가 나쁜 사람에게 사기를 치는 비정한 인물 이홍을 통해 당시

발달해 가던 도시의 어두운 그림자를 보여 주고 있습니다.

〈불굴의 의지를 지닌 길녀〉는 개인의 의사를 무시한 폭력과 억압에 저항한 여인의 이야기입니다. 주인공 길녀는 신분이 낮은 향리의 첩이 낳은 딸로, 부모를 모두 잃고 길쌈으로 살아가는 신세입니다. 한마디로 사회적 약자입니다. 자신을 보호해 줄 사회적 장치가 거의 없기 때문에 스스로 자신의 삶을 개척해 나갈 수밖에 없습니다. 미래를 약속했으나 오랫동안 연락이 없는 신명희, 풍족한 미래를 보장해 줄 수 있는 운산 사또, 운산 사또에게 자신을 팔아넘기려는 숙부에게 둘러싸여 있지만, 길녀는 시종일관 절개를 지키고자 합니다. 자신의 생각대로 세상을 살아가고자 하는 매우 주체적이고 개성적인 태도를 보이지요.

첩이 낳은 자식을 함부로 대하는 사람들과 첩을 얻고자 하는 사또의 왜곡된 시각은 길녀의 존엄성을 철저하게 파괴합니다. 그러나 자신을 존중하는 마음이 뚜렷했던 길녀는 부당한 현실에 타협하지 않고 적극적이고 주체적인 판단과 실천을 보여 줍니다. 아닌 것을 아니라고 말하기는 쉽지 않은 세상에서 엄청난 용기와 결단이 필요한 행동이지요. 길녀가 휘두른 칼은 사회적 약자를 왜곡되게 바라보는 시각과 온갖 폭력에 처절하게 저항하는 몸짓입니다. 부당한 현실을 부당하다고 폭로하고 맞설 수 있는 자신감은 스스로 자신을 지킬 수밖에 없는 사회적 약자가 지녀야 할 덕목임을 이 작품은 보여 주고 있습니다.

〈삼십 년 만의 상봉〉은 뛰어난 능력을 지닌 이 생원의 신통한 풍수설을 바탕으로 한 작품이지만 주인공 형제들의 죽음과 기구한 막내의 운명에 대한 보고서에 가깝습니다. '임진왜란'이라는 참화는 백성들의 삶을 엉망으로 만들었습니다. 몇몇 사람들의 잘못된 판단으로 시작된 전쟁에서 실제로 피해를 입는 것은 힘없는 백성이었지요. 이 작품은 평범한 사람들의 일상을 송두리째 파괴하며, 수많은 사람을 죽음으로 몰아넣는 전쟁의 실체를 막내의 파란만장한 삶 속에 담아냈습니다. 전쟁은 사람을 증오하게 만들고, 남을 배려할 수 없게 만듭니다. 전쟁은 행복하게 살던 가족들을 갈라놓으며, 살아남은 사람을 고통과 슬픔에 빠뜨립니다. 그 상처는 시간이 지나도 치유되기 어렵습니다. 왜국에서 삼십 년을 고생한 막내, 남편을 잃고 혼자 어린 자식을 키우며 지냈을 아내, 유복자로 태어난 평양 감사의 삶을 머릿속에 그려 보면 전쟁이 개인의 삶을 어떻게 파괴시켰을지 짐작할 수 있을 것입니다. 임진왜란과 병자호란의 소용돌이 속에서 수많은 조선 백성들이 바람에 흩날리는 구름처럼 일본이나 중국을 떠돌아다녀야 했습니다. 이 작품은 전쟁을 함께 겪어야 했던 동아시아 백성들의 삶이 지니는 역사적이고 사회적인 의미에 대해 생각하게 합니다. 아울러 전쟁은 한 나라의 백성뿐만 아니라 전쟁과 관련된 모든 나라의 백성을 고통에 빠뜨리는 아주 잘못된 통치자들의 행위라는 점을 분명히 보여 주고 있습니다.

긍정의 힘으로 어려움을 헤쳐 나간다면?

● 공부 못한다고 쫓겨난 김생은 출세 지상주의, 학벌 지상주의가 팽배한 우리 사회에 시사하는 점이 많습니다. 김안국이 공부를 못했던 이유를 생각해 보고, 내가 어른이라면 나의 아이들을 어떻게 가르칠 것인지 말해 봅시다.

● 관직에 나가는 사람이 지녀야 할 덕목에 대해 말해 봅시다.

● 이 책에 소개된 작품은 대부분 도적을 긍정적으로 바라보고 있습니다. 도둑이나 도적의 행위가 개인의 문제인지, 아니면 사회의 문제인지 다양한 관점에서 말해 봅시다. 아울러 개인의 범죄에 대한 사회의 책임과 역할에 대해서도 생각해 봅시다.

● 〈세 선비의 서로 다른 삶〉과 〈이 세상의 호걸 남자〉에 등장하는 도적 우두머리의 모습이 긍정적으로 그려진 까닭을 말해 봅시다.

● 〈신분을 초월한 혼사〉, 〈자수성가한 송씨 집 종 막둥이〉 같은 이야기들이 생겨난 까닭을 말해 보고, 우리 사회에서 어려운 여건을 극복하고 자수성가한 사람들의 예를 들어 봅시다.

● 길녀는 주변의 도움을 전혀 받을 수 없는 상황에서도 자신의 뜻을 지키려고 노력했던 여인입니다. 부당한 압력과 불합리한 요구를 받으면 '나'는 어떻게 행동해야 할지 생각해 봅시다.

● 〈삼십 년 만의 상봉〉은 전쟁 때문에 뿔뿔이 흩어진 가족의 아픔을 보여 주는 작품입니다. 전쟁이 우리의 삶에 미치는 영향을 말해 봅시다.

이야기 출처

1 어렵고 어려운 출셋길, 포기할 수 없네

〈무기력한 광주 선비의 횡재〉

작자 미상, 〈피실적로진재절간(被室謫露眞齋折簡)〉, 《청구야담(靑邱野談)》, 연대 미상.

〈공부 못해 쫓겨난 김생〉

백두용(白斗鏞), 〈김안국전(金安國傳)〉, 《동상기찬(東廂紀纂)》, 1918.

〈어려울 때일수록 남을 돕는 법〉

작자 미상, 〈장삼시호무음덕(葬三屍湖武陰德)〉, 《청구야담》, 연대 미상.

〈우직한 무변의 인생 유전〉

신돈복(辛敦復), 《학산한언(鶴山閑言)》, 18세기 중반.

2 나를 용납치 않는 세상, 녹림객으로 살리라

〈세 선비의 서로 다른 삶〉

작자 미상, 《기문총화(記聞叢話)》, 연대 미상.

〈어쩔 수 없이 도적이 된 선비〉

임매(任邁), 〈도재상(盜宰相)〉, 《잡기고담(雜記古談)》, 18세기 중반.

〈박문수와 광대놀이〉

작자 미상, 〈박영성가장천신(朴靈城假粧天神)〉, 《양은천미(揚隱闡微)》, 20세기 초반.

〈이 세상의 호걸남자〉

작자 미상, 〈어소장투아세부객(語消長偸兒說富客)〉, 《청구야담》, 연대 미상.

3 편견에 사로잡힌 세상, 그 장벽을 넘으리

〈아들을 위해 목숨을 바친 양사언의 어머니〉

노명흠(盧命欽), 《동패낙송(東稗洛誦)》, 18세기 중반.

〈다섯 자매의 합동 혼례〉

노명흠, 《동패낙송》, 18세기 중반.

〈신분을 초월한 혼사〉

작자 미상, 〈김영랑용지가귀문(金永娘用智嫁貴門)〉, 《양은천미》, 20세기 초.

〈자수성가한 송씨 집 종 막둥이〉

작자 미상, 〈송반궁도우구복(宋班窮途遇舊僕)〉, 《청구야담》, 연대 미상.

4 험난한 인생살이, 나의 길을 가리라

〈엄명을 뛰어넘은 인정〉

서유영(徐有英), 《금계필담(錦溪筆談)》, 1873.

〈간교한 사기꾼〉

이옥(李鈺), 〈이홍전(李泓傳)〉, 《담정총서(潭庭叢書)》, 19세기 초.

〈불굴의 의지를 지닌 길녀〉

신돈복, 《학산한언》, 18세기 중반.

〈삼십 년 만의 상봉〉

노명흠, 《동패낙송》, 18세기 중반.

참고 문헌

성대중 지음, 박소동 엮음, 《궁궐 밖의 역사》, 열린터, 2007.

안길정, 《관아를 통해서 본 조선시대 생활사 상, 하》, 사계절출판사, 2000.

이한, 《새로운 세상을 꿈꾼 사람들》, 청아출판사, 2010.

정구선, 《조선의 출셋길, 장원급제》, 팬덤북스, 2010.

한국역사연구회, 《조선시대 사람들은 어떻게 살았을까 1, 2》, 청년사, 2005.

도움 주신 분들

권유정(성동글로벌경영고등학교)

권태균(사진가)

왕지윤(경인여자고등학교)

이명순(청담고등학교)

조현종(태릉고등학교)

국어시간에 고전읽기 103

신분 이야기, 험난한 출셋길 녹림객이 되어

1판 1쇄 발행일 2013년 2월 12일
1판 3쇄 발행일 2021년 5월 24일

기획 전국국어교사모임
지은이 임완혁
그린이 안소희

발행인 김학원
발행처 (주)휴머니스트출판그룹
출판등록 제313-2007-000007호(2007년 1월 5일)
주소 (03991) 서울시 마포구 동교로23길 76(연남동)
전화 02-335-4422 **팩스** 02-334-3427
저자·독자 서비스 humanist@humanistbooks.com
홈페이지 www.humanistbooks.com
유튜브 youtube.com/user/humanistma **포스트** post.naver.com/hmcv
페이스북 facebook.com/hmcv2001 **인스타그램** @humanist_insta

편집책임 문성환 **편집** 김사라 **디자인** 김태형 유주현 림어소시에이션
스캔·출력 이희수 com. **용지** 화인페이퍼 **인쇄** 청아디앤피 **제본** 정민문화사

ⓒ 임완혁·안소희, 2013

ISBN 978-89-5862-571-1 44810